U0055162

權錢對決

之 8

加倍奉還

姜遠方 著

目錄 CONTENTS

第一章

霉運當頭

馮葵愣了一下，說：

「事情不是解決了嗎？還有什麼事讓你這麼煩心啊？」

傅華含糊地說：「有些事我現在不方便跟你說，

以後再跟你解釋吧，反正我最近是霉運當頭，

你還是跟我保持距離，免得我把霉運傳到你身上。」

休息了一天之後，第二天傅華上班已經不像昨天那麼憔悴了，情緒也平復了很多。

時間也許無法治癒傷痛，但是會讓人的感覺鈍化，在鄭莉離開後的第三天，傅華已經不像剛開始那樣痛苦了，思維也在恢復正常，他想，總是這麼等下去也不是辦法，也許該先找鄭老談談，看看能不能讓鄭老幫他說服鄭莉放棄離婚的想法。

剛進辦公室，傅華的手機就響了起來，居然是馮葵的電話，傅華怔了一下，馮葵是夜行性動物，一般很少在這個時間點起床的，就接通了電話，說：「罕見啊，你這夜貓子居然這麼早就起床了。」

馮葵擔心地說：「你昨天一整天手機都打不通啊，我聽說姓齊的綁架了老大和你兒子，所以打電話問問，老大和你兒子沒事吧？」

傅華回說：「沒事了，她們一切平安。昨天折騰得我實在太累，就關機休息了一天。」傅華隱瞞了鄭莉跟他提出離婚的事。

「都怪你！」馮葵埋怨道：「我說要對付那個姓齊的傢伙，你又怕這個，又怕那個的，不讓我採取行動，才讓姓齊的敢這麼猖狂，居然連綁架這種事都幹得出來。這一次我可不聽你的了，我要好好教訓這個傢伙，讓他知道有些人不是他隨便就能惹的。」

聽馮葵這麼說，傅華心裏就有些緊張起來。雖然那天姓齊的並沒有從他這裏得到什麼好去，但是這傢伙展示了強大的力量，在武警的監視下，竟能將鄭莉和傅瑾成功的綁架走，還毫髮無損的從萬博的槍口下全身而退。對付這樣一個人物，傅華毫無頭緒，他怎麼敢讓馮葵去輕身冒險呢？

傅華就說道：「小葵，我知道你是為我好，不過這件事真的不是你能夠參與的，你給我安分一點，別攙和進來。」

馮葵不服氣地說：「你這傢伙就是膽小怕事，人家都騎到你的脖子上了，你居然還能忍得下去，我真是佩服你啊！不過，你能忍，我不能忍，我不好好教訓他一下，我就不姓馮。」

馮葵這是典型的世家子弟的脾氣，他們自小要風得風，要雨得雨，養成了他們天不怕地不怕的強勢性格。

「小葵，」傅華嚴厲的呵斥道：「你別給我添亂了行嗎？」

馮葵愣了一下，說：「你怎麼這個態度啊，我是想幫你耶。」

傅華苦笑說：「我知道你是想幫我，但這個人真的不是你能招惹的，你知道他是在什麼情況下綁架我老婆和兒子的嗎？是在楊志欣調了一批武警的監控情況下，這樣一個會採取暴力手段的人，你要去對付他，你拿什麼對付他啊？」

馮葵心有不甘地說：「那也不能就讓他這麼為所欲為吧？」

傅華煩躁地說：「你別這樣好不好啊，小葵，我最近發生了很多事，心裏很亂，你就別在這時候湊熱鬧了，那樣子我還要為你擔心。」

馮葵詫異地說：「事情不是解決了嗎？還有什麼事讓你這麼煩心啊？」

傅華含糊其詞地說：「有些事我現在不方便跟你說，以後再跟你解釋吧，反正我最近是霉運當頭，你還是跟我保持一下距離好了，免得我把霉運傳到你身上。」

馮葵關心地問：「究竟是什麼事讓你這麼煩啊？你知道我是很願意為你分擔的。」

傅華無奈地心想：離婚這種事誰也無法替我分擔，你更是最不適合分擔的人，便說：「好了，小葵，這件事必須要我自己才能解決，究竟是什麼事，回頭我會跟你說的，拜託你就別再追問了。」

馮葵見問不出所以然來，只好放棄了逼問，說：「好吧，你不讓我問，我就不問了。」

傅華又叮囑道：「你最近一定要安分一點，千萬別去碰那個姓齊的，等我騰出手來，我會想辦法對付他的。」

傅華擔心馮葵私下瞞著他蠻幹，所以特別交代馮葵。

馮葵這才滿意地說：「好啊，到時候我們倆聯手，一定能整死這傢伙的。」

傅華笑說：「到時候再說吧。好啦，我掛電話了，我還要工作呢。」

馮葵忍不住打了個哈欠，說：「好吧，我也要去睡回籠覺了，為了打這個電話，我忍著沒睡呢。」

「好了，趕緊去休息吧。」傅華心裏熱了一下，催促說。

掛了電話，傅華開始埋首工作，想等工作告一段落再去找鄭老；沒想到鄭老的電話倒是先打來了。

「傅華，你現在有空嗎？」鄭老的聲音傳了過來。

傅華趕忙說：「爺爺，我有時間，您找我有事？」

鄭老說：「那你來我這裏一趟吧，我有話想跟你談。」

傅華立即答應說：「行，爺爺，我馬上就過去。」

放下電話，傅華跟羅雨打了聲招呼，火速趕往鄭老家。

到了鄭老家，屋裏只有鄭老一個人，老太太和鄭莉、傅瑾在房間裏。傅華看鄭老的神情嚴肅，心裏有一種不好的預感，鄭老叫他來，似乎並不是想調解他和鄭莉和好的。

鄭老看到傅華，指了指對面的椅子說：「坐吧，傅華。」

傅華就去鄭老對面椅子上坐了下來，鄭老看著他說：「傅華啊，你跟小莉的事，小莉都跟我說了。」

傅華惶恐地說：「爺爺，對不起，是我沒照顧好小莉和傅瑾。」

鄭老搖搖頭說：「你不要跟我說對不起，這件事錯不在你。」

「謝謝爺爺能諒解我。」傅華感激地說。

聽鄭老說錯不在他，傅華心裏不由得鬆了口氣，看來鄭老應該會幫他說話，他和鄭莉的婚姻也許還有救。

鄭老慈祥地說：「諒解什麼啊，都跟你說了，你沒做錯，雎心雄的做法我都聽說了，我是很反對他這麼做的，沒有人願意再回到那個非常時期，換成是我，也會像你一樣去反對他的。」

傅華看鄭老這麼表態支持他，越發覺得挽回鄭莉更有希望了。

鄭老接著說：「你還記得麥克阿瑟的那篇演講？老兵永遠不死，只是凋零！我們都明白，麥克亞瑟說的老兵不死，指的是老兵的精神和信念。這個社會不論什麼時候都還是需要一點精神或者信念的存在的，如果聽任睢心雄這種為了一己之私裹挾民意，毫無信念的人肆意妄為的話，我們這個社會就完了。在這一點上，我是支持你的。」

傅華苦笑了一下，說：「可是爺爺，小莉卻無法接受我這種做法，您能不能幫我勸勸她，讓她不要跟我離婚啊？」

鄭老凝視著傅華，沉重地說：「傅華，這個我恐怕是幫不了你了。」

鄭老的話，讓傅華一陣錯愕，鄭老講了那麼多支持他的話，他還以為鄭老會幫他勸鄭莉回心轉意，原來都是他的一廂情願而已。

傅華不禁問道：「可是爺爺，剛才您不是說支持我的嗎？」

鄭老解釋：「支持你，那是我個人的意見，並不代表小莉會不跟你離婚。」

傅華苦苦哀求道：「爺爺，小莉一向最聽您的話，您就幫我勸勸她吧，我真的不想離婚。」

鄭老無奈地說：「你以為我沒幫你勸她啊，傅華，這次不行了，小莉的意志很堅決，我怎麼勸她也不聽我的，所以我是愛莫能助了。」

傅華仍不放棄地懇求說：「爺爺，小莉和傅瑾對我來說是比性命還重要的人，我真的很希望我們一家人能夠團團圓圓的生活在一起，所以您就幫幫我吧。」

鄭老搖頭說：「傅華，不是我不想幫你，而是真的愛莫能助。小莉昨天跟我長談過，全面剖析了她和你現在的狀況，我聽得出來她心中還有你，不過，你的個性和工作卻不斷地帶給她痛苦，尤其是這次她和小謹被綁架，更是觸及到她的底線，使她下定決心要離開你。」

傅華無法接受地說：「爺爺，我不會同意她離開我的。您跟小莉說，她覺得我什麼地方不好，我都可以改，她嫌我駐京辦的工作不好，我也可以辭掉這份工作的。」

鄭老說：「你先別急，聽我把話說完。說起你的工作，其實我一開始就認為你做這項工作是個錯誤，你有頭腦，有才華，本應去做一些更務實的工作，那樣對這個社會貢獻可能會更大一些，但是你卻偏偏選擇了這個大多數時間都在處理人際關係的工作。」

傅華回想說：「這個我記得，我陪您回海川的那一次，您跟我說過。」

鄭老接著說：「所以我對小莉要跟你結婚有所顧慮，當初我就跟她談過這個問題。你也知道，從小莉的父輩開始，鄭家的人就逐漸遠離政壇。小莉也一樣，她不喜歡政治，卻又跟一個時刻都要跟政治打交道的人結婚，這本就是一種矛盾。我擔心她會被這段婚姻傷害到，可是這個傻丫頭卻已經深深地愛上了你，說什麼她會為了你接受這一切，好像兩個人只要相愛，一切的問題就會迎刃而解似的。」

鄭老說到這裏，深深地嘆了口氣，繼續說道：「但是現實畢竟是殘酷的，她以為她能接受這一切，事實上她根本無法做到這一點。你這幾年也出了不少的事，有與女人相關的，也有與你們市裏面爭權奪利相關，小莉都因為深愛著你，不得不概括承受，但是我看得出來，她並不開心。我這個做爺爺的很心疼，所以在你上次鬧出艷照事件，小莉跑去法國的時候，我曾經想過讓你們就這麼散了也好。但畢竟我並不想看到小莉離婚，更不想小瑾生活在一個破碎的家庭裏，就出面幫你把小莉叫了回來，你也算做得不錯，終於把小莉哄得回心轉意了。我以為危機從此過去，沒想到傷痕依舊是存在的，只不過被小莉藏到心底去了。這一次，你危及到傅瑾的安全，也讓小莉長期累積的不滿徹底來了個總爆發。」

鄭老停頓了一下，看著傅華說道：「傅華，即使到現在，我對你依舊是很欣賞的，但是我不能因為自己對你的私心，讓小莉繼續痛苦下去，所以，你放手吧。」

傅華痛苦的搖了搖頭，哀求道：「爺爺，您應該明白我是愛著小莉的，我願意為她做任何的改變，包括辭去駐京辦主任的職務。」

「做任何的改變？」鄭老搖搖頭說：「這是不可能的，也許你可以改變駐京辦的職務，但是你的性格也能改變嗎？實際上，昨天我也跟小莉提過這個建議，但小莉卻認為你如果為了遷就她而改變，你一定不會快樂的。這就好像她為了遷就你而試圖改變她自己是一樣的，結局只能是失敗。」

傅華看了看鄭老，苦笑說：「爺爺，難道說我跟小莉只有分手一條路可以走嗎？我心裏還是愛著她的啊。」

鄭老語帶不捨地說：「我相信小莉心裏對你也還是有著愛意的，但是你們倆的性格都很強，無法為了遷就對方而徹底的改變自己，非要在一起，只會讓彼此都痛苦。愛，不一定非要在一起，放手讓對方去追求新的幸福，也是一種愛。」

鄭老說著，拿出了印好的離婚協議書放到傅華面前，傅華看了一眼，難過地說：「小莉連離婚協議書都準備好了？」

鄭老點點頭說：「是啊，她這次的態度很堅決，她說希望你能在這份協議書上簽字，那樣她就不需要去法院起訴離婚了。」

眼看鄭莉去意甚堅，事情已無法挽回，傅華嘆了口氣說：「看來我不簽都不行了。」

鄭老開導說：「傅華，你們好歹夫妻一場，就好聚好散吧，夫妻做不成還可以做朋友啊。」

到了這個地步，傅華知道繼續堅持下去也沒什麼意義了，那樣只會讓鄭莉更痛苦，還不如大方一點，放鄭莉自由。因此雖然百般不願意，但還是拿起筆來，在協議書上簽上了自己的名字。

簽完後，傅華把協議書交給鄭老，此刻他倍感失落，感覺再也無法繼續待下去了，就失落地站起來說：「爺爺，你把這份協議書交給小莉，我先回去了。」

鄭老也知道此刻傅華的心情一定很難受，因此也沒挽留他，便放傅華離開了。

傅華出了鄭老家門，上了自己的車，坐在車上，腦中一片茫然，不知道該去哪裡。

不知道過了多久，手機響了起來，傅華被驚醒，看了看號碼，是羅雨打來的，心說不會是孫守義要找他吧？只好趕忙按下接聽鍵。

羅雨問道：「主任，你現在在哪裡啊？」

傅華說：「我在外面有事，你找我幹嘛？是孫書記去駐京辦了嗎？」

羅雨說：「不是，是有你一個快遞，你看是不是趕緊回來接收一下？」

「快遞？」傅華有點嫌羅雨不會辦事，便說：「小羅，我這邊很忙走不開，你把快遞接下來不就行了嗎？」

羅雨急急說道：「不行啊，主任，發這封快遞的人注明一定要你本人簽收才行。」

傅華奇怪地說：「什麼東西這麼重要，還非得本人簽收啊？」

羅雨說：「不知道是什麼，快遞員手裏拿著一個大信封，看上去很薄，可能是重要的文件吧。」

傅華無奈說：「那好吧，你跟快遞員說一下，讓他等我一會兒，我儘快趕回去。」

掛了電話，傅華用力的搓了搓臉，讓自己清醒一下，然後發動車子趕回了駐京辦。

進駐京辦就看到快遞員等在那裏，他趕忙走了過去，說：「我就是傅華。信呢？」

快遞員讓傅華簽了字，然後把一個大信封交給他，傅華拿到手裏感覺很輕，拆開一看，是一把鑰匙和一個名叫「慶建國」的人的身分證。

傅華看了看身分證上的照片，並不認識這個叫慶建國的，也不知道這把鑰匙是開什麼鎖的，心裏有點莫名其妙，不知道發這封快遞的人把身分證和鑰匙快遞給他幹什麼。

傅華沒心情去猜這個啞謎，就順手把鑰匙和身分證扔在抽屜裏鎖了起來，暫時放到一邊去了。

孫守義出現在駐京辦，是回來的第三天上午，他刻意沒在第二天過來，是因為他想給傅華一個恢復和思考的時間，他要讓傅華考慮一下要不要接受他的和解。

在傅華的辦公室裏坐下來後，孫守義笑笑說：「你今天的氣色好多了，要懂得勞逸結合，累的時候就休息一下嘛，搞壞了身體可就不值得了。」

傅華說：「謝謝孫書記的關心，誒，有件事要跟您報告一下，我和鄭莉準備離婚了。」

傅華這一層級的部屬，婚姻關係若是有異動，都必須跟組織報告，何況即使傅華不說，孫守義早晚也會知道這件事，不如主動說出來，省得日後被孫守義挑毛病。

「你和鄭莉要離婚？」

孫守義一時間沒反應過來，重複了一遍傅華的話，隨即詫異地問道：「怎麼回事啊，你們不是和好了嗎？」

一直以來，很多人都認為傅華之所以能那麼風光，就是得益於他的兩次婚姻。第一次婚姻，傅華娶了通匯集團的千金小姐趙婷，為傅華提供了財經界的人脈。第二次婚姻更厲害，娶了鄭老的孫女，讓傅華在政界有了強大的靠山。而傅華鬧出了好幾樁大事，卻依然能夠穩坐駐京辦主任的位置，也與這些勢力有著很大的關係。現在傅華突然說他要跟鄭莉離婚了，雖然鄭家不一定會跟他徹底了斷關係，但是今後對他的支持力度肯定會大大降低的，這等於是自斷雙臂，不知道傅華為什麼肯這麼做。

傅華不想告訴孫守義他跟睢心雄的事，這中間牽涉到的人和事太複雜，於是他避重就輕的說：「一言難盡，上次雖然和好了，但我們有些問題並沒有真正得到解決，積壓到現在，終於來了個總爆發。」

孫守義看了傅華一眼，說：「你剛才說準備離婚，那就表示還沒正式離婚，要不要讓沈佳出面幫你做做工作啊？」

傅華搖搖頭，說：「不用了，鄭莉的態度十分堅決，沈姐出面恐怕也無濟於事的，她讓鄭老出面逼著我簽了離婚協議書，因此我們是無法挽回了。好了，這件事我可向您做了報告，到時候您可別再來挑我的毛病啊。」

孫守義嗤了聲說：「看你這話說的，好像我時刻盯著你要找你毛病似的。不過，你就是向我做了報告，也別忘了填好領導幹部婚姻變更情況報告表，上報組織部門存檔。這是規定的程序，不能少的。」

傅華點點頭，說：「行，我會填好表格上報的。」

「你去接我那天神情那麼憔悴，就是為了離婚的事吧？」孫守義想起那天的事，猜測說。

傅華點頭承認了：「是的，我並不想離這個婚，不過沒辦法，鄭莉堅持要離。」

孫守義勸道：「看開一點吧，等你到了我這個年紀你就會明白，人與人的分分合合，其實都不過是過眼雲煙，當下你也許會很難過，但是過了那一刻，很快就什麼都煙消雲散啦。」

傅華點點頭，說：「我明白。孫書記，您這次回來，需要我和駐京辦為您做點什麼嗎？」

透過這番談話，孫守義和傅華僵持的關係似乎拉近了不少，孫守義就示好地說：「傅華，其實我早就想跟你說聲對不起了，當初金達要免掉你的職務，我應該為你據理力爭才對，但是我不但沒有這麼做，反而附和金達的主張，讓他把你給撤職掉。」

孫守義主動地道歉，讓傅華十分意外，趕忙說：「孫書記，您千萬別這麼說，那件事情過去很久了，我都已經把它給忘了。」

孫守義心想：你真的能忘嗎，你心裏還不知道有多恨我呢，就笑了一下，說：「傅華，你先讓我把話說完好嗎？」

傅華說：「您說，我聽著。」

孫守義接著說道：「對那件事，我心裏一直很愧疚，你向來很支持我，也為我們夫妻做了很多事，我卻在你最需要後援的時候，沒有挺身而出，給你相應的支持，很不應該。有幾次我想打電話跟你說聲抱歉，但是礙於面子，終究沒能開得了口。你沈姐為了這事也沒少責備我。今天我總算鼓起勇氣把這些話給說了出來，希望你聽了，能夠原諒我。」

自從他和孫守義有了矛盾後，沈佳對他和鄭莉就明顯疏遠了，以前還經常會請他們出來吃飯什麼的，之後連個電話都沒打過。孫守義說沈佳為了這件事責備過他，顯然是假話。孫守義今天這麼刻意地討好他，該不會是另有所圖吧？

傅華客套地說：「孫書記，您也別太自責，這些都是金達搞出來的，我從來都不認為您需要為此負上什麼責任，所以你千萬別再說什麼道歉的話了，我當不起的。」

孫守義看傅華並沒有因為這些道歉的話而有所感動，心中便盤算著，看來要想打動傅華，必須要使出殺手鐧了。這所謂的殺手鐧不是別的，就是他和劉麗華見不得光的情人關係。

權衡再三，孫守義終於招供說：「傅華，你說我沒有責任是不對的。今天我要跟你坦白一件事，那次金達要免掉你的職務，事先是跟我溝通過的，一開始我也有為你據理力爭，但是後來金達在我面前提到了一個人，拿這個人來逼迫我同意免掉你的職務，所以我才不得不向他妥協。」

孫守義接著說：「傅華，你大概也聽說了這個傳言，就是我跟市政府的劉麗華關係曖昧。這是我私人一件見不得光的醜事，說出來我的臉上也無光，但是這是我對不起你的根源所在，我不講出來不行。」

傅華早就知道孫守義和劉麗華的事了，因而沒什麼感覺，淡淡地說：「我聽過這個傳言。」

孫守義辯解說：「我因為孤身在海川，耐不住寂寞，就跟劉麗華發生了婚外情，我向你借的那三十萬，就是為了給她買房子的。金達也正是因為這三十萬，猜出了我和劉麗華的關係，便以此作為要脅，逼我同意免除你的職務。所以你明白了吧，我當時是迫於無奈的。我講出這件事，就是希望能得到你的諒解。傅華，你肯原諒我嗎？」

孫守義講這些話的時候，眼睛一直盯著傅華的表情，見傅華的臉上波瀾不驚，絲毫不訝異的樣子，心中驚道：難不成傅華早就曉得他和劉麗華的事了?!所以才這麼無感？

傅華說：「孫書記，您其實不必解釋什麼的。」

孫守義仍堅持說：「不，我如果不向你坦白，我們的矛盾是很難得到化解的。」

傅華搖搖頭說：「好了孫書記，既然現在什麼都說開了，也算是敞開心扉，您就別再兜什麼圈子了，說吧，您想要我幹什麼？」

孫守義臉紅了一下，坦承說：「我現在在海川的工作受到了很大的干擾，何飛軍經常會搞一些無賴的舉動出來，影響市政府的正常工作秩序。如果繼續這麼放任他，我擔心遲早會被他闖出大禍來的。」

傅華沒想到孫守義費了這麼多口舌，竟是為了何飛軍，不禁說道：「孫書記，您不是想讓我幫您對付何飛軍吧？」

孫守義點點頭，說：「是的，我就是想讓你幫我想辦法對付他，這傢伙根本就是個無賴，一些正規的手法對付他根本就沒有用，又不能就這麼看著不管，逼不得已，只好採取一些非常手段。傅華，你還記得他在北京嫖妓被抓那件事嗎？」

傅華反問：「您是想從這件事入手？」

孫守義點頭說：「對，我想問問你，你手裏有沒有他當時被抓的一些照片什麼的。」

傅華知道孫守義對何飛軍是不勝其煩，必欲除之而後快，卻找不到什麼好辦法，這才不得不放低姿態，向自己求助。他對何飛軍也沒什麼好印象，因而並不排斥幫孫守義剪除這樣一個禍患，只是要用何飛軍嫖妓被抓的事來對付他，傅華卻不贊同。

當時是他出面拜託了劉所長，把這個案子給瞞下來的，如果又重揭這個案子，必然會將劉所長給牽連出來，他可不幹這種出賣朋友的事，不然以後誰還會願意幫他的忙啊？駐京辦的工作就是協調各方關係的，要靠朋友相互關照才能玩得轉，如果傳出去他是出賣朋友的人，那以後他駐京辦的工作就不用做了。

傅華看了看孫守義，說：「孫書記，如果我幫您這個忙，我能從中得到什麼啊？」

孫守義有些錯愕，眼前的傅華像是一個陌生人，以前的傅華可不會事情還沒做就開始談條件，他只會分辨事情是該做還是不該做，不該做的事，他是絕對不會去做的，現在這傢伙居然也來跟他談條件了。

孫守義問：「我也不知道能幫你什麼，不如你告訴我，你需要我做什麼，讓我看看能不能做到，可以嗎？」

第二章

離婚協議

離婚手續很簡單，
印章一蓋，他們的婚姻關係就被宣告解除了。
走出婚姻登記處的大門，傅華看了眼鄭莉，
鄭莉刻意跟他保持著距離，這曾經與他最親密的女人，
從此將與他分道揚鑣，不再有任何瓜葛。

傅華說：「我需要您做的沒有什麼難度，簡單來說就是一句話，我需要您全力支持我在駐京辦所做的工作。」

要他全力支持駐京辦的工作，這不就是市委書記職責範圍內的工作嗎？傅華提出的這個要求似乎太簡單了一點，是不是裏面藏著什麼陷阱啊？

傅華鄭重其事的提出這個要求，說明傅華對這個要求肯定有什麼特別的期待，還是問清楚一點比較好。

孫守義便說：「傅華，你要我支持可以，不過，這個要求似乎太廣泛了，我雖然是海川市的市委書記，但是海川很多事情我也管不到的，你是不是把你的要求說得更具體一點，讓我看看有沒有這個能力？」

傅華笑笑說：「您放心，我不會讓您為難的。是這樣的，駐京辦今後想在處理日常的工作之外，更多的開展一些經營性的活動，希望到時候您能給予大力的支持。」

「經營性的活動？」孫守義訝異地說：「你想要擴大駐京辦的經營範圍？」

傅華點點頭，說：「是的，駐京辦一般的業務已經很穩定了，我覺得是時候該往外擴展了。」

孫守義眉頭皺了一下，顧慮的說：「傅華，現在的形勢並不適合這麼做，輿論都在提出要撤銷駐京辦了，你在這時候擴大駐京辦的經營，可是有點頂風而上的意味啊。」

傅華不以為意地說：「輿論不過是鬧騰一下而已，我認為駐京辦一時半會兒是不會撤銷的。再說，也沒有明文禁止駐京辦不能再擴大經營，沒有明文禁止就是允許的，我這麼做應該就不成問題。」

孫守義沉吟了一下，說：「你說的也對，你要搞就搞吧，反正你們駐京辦也有自主經營的權利。不過，你不要指望我在資金方面能夠給你提供什麼幫助啊，我這個市委書記是管人的，並不管錢。」

傅華說：「這個不勞您費心，錢的事情我自有管道解決。」

孫守義不禁說道：「傅華，你現在很牛氣啊，連錢的問題都不需要擔心了，那你還需要擔心什麼啊？」

傅華說：「我擔心的是市裏會不會支持我，現在您這邊是沒什麼問題了，剩下的就是姚市長的態度了。您看他那邊能不能幫我做做工作？」

孫守義考慮了一下說：「姚市長那邊我可以幫你說服他，好吧，這個要求我答應你。」

傅華覺得姚巍山絕非是那麼好擺佈的人，孫守義似乎有點太輕敵了，便忍不住提醒說：「孫書記，您心中可要有點數，姚市長不是個簡單的人。」

孫守義說：「這你不用擔心，我已經領教過他的手段了。他這個市長再不簡單，也還是需要在市委書記的領導下開展工作的，你說是吧？」

傅華看孫守義一副信心滿滿的樣子，心知孫守義可能是已經想到對付姚巍山的辦法，也就不再囉嗦，直奔對付何飛軍的主題了。

傅華思考了一下說：「孫書記，要對付何飛軍，不能用他嫖妓被抓這件事。這樣會牽連到幫忙的朋友，在道義上我無法這麼做。」

孫守義愣了一下，問道：「不這麼做，那你準備怎麼對付他啊？」

傅華賣著關子說：「我既然答應幫您這個忙，自然是有辦法了。您大概不知道，我們的何副市長其實是一個志向遠大的人。」

「志向遠大？」孫守義被逗笑了，說：「就他那樣還志向遠大?!這傢伙是爛泥扶不上牆，要不是當初我給他機會，他連現在的規模都沒有。」

傅華笑說：「那也不妨礙他追求進步啊。」

「追求進步？」孫守義越聽越困惑，狐疑的問道：「傅華，你究竟想說什麼啊?有話直說，別繞圈子行嗎？」

傅華說：「是這樣子的，我在一個偶然的機會中得知了一件事，何飛軍不甘心老是做副市長，在北京學習的時候，讓一個姓吳的老闆花了三百萬幫他買官，目標是營北市的市長。」

孫守義失笑說：「買官？就何飛軍那個熊樣還想做市長?!省委如果能夠同意就有鬼了。」

傅華說：「但是何飛軍還真動了這個心思了，據我所知，姓吳的老闆找了一個叫歐吉峰的掮客，已經付了三百萬。」

孫守義十分詫異地說：「這是什麼時候的事啊？他真的能買到營北市市長這頂烏紗帽嗎？省委組織部的白部長跟我關係還不錯，我怎麼從來沒聽他說過省委有要讓何飛軍去擔任營北市市長的事啊？」

傅華笑說：「他當然不會如願以償，歐吉峰根本就是一個騙子，他將三百萬騙到手之後，無法兌現承諾，所以吳老闆現正委託北京一家討債公司在追討這筆錢呢。」

「委託討債公司要錢，何飛軍倒是不蠢，知道這樣才不會讓他買官的事曝光。」孫守義不禁問道：「誒，你是從什麼管道得知這個消息的？這個消息可信嗎？」

傅華說：「不可信，我能把這個消息告訴您嗎？至於我的消息管道，是一個絕對可靠的朋友跟我講的。」

孫守義暗暗看了傅華一眼，傅華消息的來源無非是三個管道，一是吳老闆身邊的人；二是歐吉峰身邊的人；三是討債公司的人。孫守義認為吳老闆和歐吉峰這兩人跟傅華都不是很熟，傅華不太可能從他們那裏得知消息，那剩下來的來源就是討債公司了，看來這傅華的路子真是越來越野了，居然跟黑道分子也打得火熱。

孫守義不好追問下去，便轉移話題說：「你說的這個吳老闆，最近好像也將觸角伸到海川了，何飛軍正在幫他操作低價買下市裏的化工賓館呢。」

傅華奇怪地說：「化工賓館不是流拍了嗎？」

孫守義說：「那就是何飛軍搞出來的把戲，他想讓吳老闆以更低的價格拿下化工賓館。」

傅華咋舌嘆說：「他也太貪得無厭了吧，化工賓館的起拍價格已經很低了。」

孫守義嘆說：「人心是不會滿足的。」

傅華推測說：「這麼看來，何飛軍幫吳老闆低價買下賓館，就是想報答吳老闆出資三百萬幫他買官了。」

孫守義點點頭說：「應該是這麼回事，可是他們的交易很隱蔽，想要證明這一點很難，所以你想要用這件事對付何飛軍是不太可能的。」

傅華露出微妙的表情說：「也不盡然，要看怎麼操作。」

「你想要怎麼操作？」孫守義問。

傅華說：「有兩個方案，一是不讓何飛軍幫吳老闆買成化工賓館，吳老闆無法從何飛軍那裏得到回報，如果又不能通過討債公司拿回錢來，肯定不願白白損失三百萬，就可能會向警方舉報歐吉峰詐騙，何飛軍買官的事就會爆發出來。」

孫守義想了一下，他不想採取這個方案，這個方案的前提是他這個市委書記出面堵死吳老闆購買化工賓館的可能，這一定會惹惱何飛軍，孫守義不想再雪上加霜激怒何飛軍。

孫守義趕忙問：「那第二個方案呢？」

傅華分析說：「第二個方案是，如果討債公司逼得太緊，而歐吉峰又確實還不起這筆錢，這件事就可能會被鬧大；歐吉峰被逼到走投無路時，也許就會主動報警處理，那時候何飛軍買官的事一樣也會曝光的。」

孫守義覺得第二個方案相對來說比較合適，就說：「我覺得第二個方案不錯，只是你有辦法這麼操作嗎？」

傅華保留地說：「我不敢說一定有辦法，不過我可以問問朋友。」

孫守義心想：傅華這傢伙真夠狡猾，他這是不想在他面前承認跟討債公司有關聯。不過，他承不承認都無所謂，只要能把事情辦成就行了。

孫守義便說：「傅華，我剛才答應你的，可是你能幫我除掉何飛軍，我才會支持你駐京辦的工作；你如果做不到除掉何飛軍這個先決條件，那我的承諾也不會兌現的。」

傅華笑笑說：「那是自然，我如果沒做到答應您的事，我們今天的交易就當做沒談過好了。」

孫守義聽了說：「那就好，在這裏我也可以跟你保證一點，如果你做到了答應我的事，今後你在駐京辦的工作，只要不是違法違紀的，我一定會毫不猶豫的站在你這邊支持你。」

傅華說：「您的承諾我可是記住了，希望您說到做到。」

孫守義點頭說：「你放心好了，我還怕你把我和劉麗華的事揭發出來呢。」

說到這裏，兩人同時心照不宣的笑了起來。

笑過之後，孫守義不禁疑惑地問道：「你為什麼突然想要要擴大駐京辦的經營啊，是因為被鄭莉跟你離婚的事刺激到了嗎？」

傅華說：「也不能這麼說，這其實是當初我去駐京辦的一個夢想，我希望能夠借助駐京辦做出一番事業來，但是這幾年忙於瑣事，幾乎把這個想法給忘記了。鄭莉跟我離婚，讓我想了不少事情，我一個大男人總不能成天忙於送往迎來的事中，也該認真做點該做的事業了。」

雖然傅華不想承認他是被鄭莉跟他離婚這件事刺激到，但他開始要想做一番事業的想法還真是與此相關，除了海川大廈之外，這幾年他幾乎是一事無成，這有違他當初來北京的初衷；同時，傅華強烈的感受到，那就是一個男人如果沒有事業支撐，是會被女人看不起的。

從之前他跟馮葵吵架到現在鄭莉跟他離婚，都看得出來，女人對身邊男人的事業都有著一定的要求；傅華更感覺鄭莉對他厭倦，並不僅僅是因為不願牽涉到政治，他們認識的時候，他就是這個樣子，要真是因為政治的緣故，鄭莉也不會在經歷那麼多波折後還跟他結婚。

傅華覺得真正的原因，是這些年來他的碌碌無為，當一個成天碌碌無為的男人還惹出那麼多的麻煩，鄭莉對他有再多的愛也會被消耗殆盡的。

不論是為了在鄭莉、馮葵這些優秀而且要強的女人面前揚眉吐氣，還是為了自己的夢想和目標，他都不該再沉湎於過於安逸的生活了。

送走孫守義之後，傅華就去了劉康那裏。

劉康看到傅華，關心地問：「我聽你岳父說，你要跟鄭莉離婚了？」

傅華苦笑了一下，說：「簽了離婚協議，還沒正式辦手續，這都是雎心雄害我的。您不是說我是雎心雄的剋星嗎？為什麼到現在都是我在走霉運，雎心雄那個混蛋卻還是風風光光的做他的省委書記呢？」

劉康說：「怎麼，因為離婚受了打擊就氣餒了？」

傅華沮喪地說：「是有一點，雎心雄氣數也夠長的，折騰了這麼久還沒倒臺。」

劉康安慰說：「善有善報，惡有惡報，不是不報，時機未到啊。」

傅華被逗笑了，說：「好了，劉董，我不跟您說這些不著邊際的事了，白浪費口舌。誒，您能不能幫我瞭解一下，你那天跟我說的蘇強向歐吉峰討債的事啊？」

劉康看了看傅華，說：「你想瞭解些什麼啊？」

傅華說：「我想知道歐吉峰那邊是個什麼狀況，他有沒有錢還那三百萬？」

劉康聽了說：「昨天白七還跟我說過這件事呢，他說那個歐吉峰根本就是個笑話，他原本在北京做一點小生意，並不真是什麼買官賣官的掮客。」

傅華疑惑的說：「那吳老闆怎麼會找他給何飛軍買官呢？」

劉康笑說：「這就是這件事情有趣的地方了，這傢伙不知道怎麼認識了一個叫做朱天玲的女人，朱天玲向他吹噓她跟高層的某某是同學，有一次歐吉峰喝多了，就把朱天玲的故事移植到自己身上，在吳老闆面前吹噓說他跟某某是同學。言者無心，聽者有意，吳老闆竟然當真了。」

傅華聽了哈哈大笑起來，說：「怎麼會有這麼滑稽的事啊。」

劉康笑說：「更滑稽的地方還在後面呢，吳老闆讓歐吉峰幫何飛軍買官之後，歐吉峰就找到朱天玲，朱天玲一口答應幫他辦好這件事，但是要他出五十萬做費用。歐吉峰還真相信了朱天玲，就付給朱天玲五十萬。結果不幾天，這女人就帶著五十萬跑掉了。」

傅華恍然大悟說：「原來他是賺差價的啊，我說他怎麼騙了人之後不跑，還等著人找上門來呢。」

劉康說：「這傢伙是做生意的，並不真是騙子，所以拿到錢之後倒沒有落跑。」

傅華又問：「那蘇強從他那裏要出多少錢來啊？」

劉康回說：「根本沒要到半毛錢，只弄到一輛寶馬，這輛車還是他不知道從哪兒搞來的走私車，有些年頭了，根本就不值幾個錢。所以蘇強一直抱怨接這單生意是虧本了。」

傅華想了想說：「不對啊，就算去掉被騙走的五十萬，歐吉峰手裏還有兩百多萬呢，難道他都花光了？」

劉康感慨說：「這種錢來得快，去得也快，剩下的兩百多萬都被他揮霍完了。」

聽到這裏，傅華才知道歐吉峰並不是一個職業罪犯，只是一個投機的商人而已，這種人很好對付，只要適當的逼他一下，這傢伙便會因為受不了逼迫報警處理，這樣就可能牽涉出何飛軍買官的事了。

傅華接著問道：「那蘇強為什麼不多嚇唬嚇唬這個歐吉峰呢？這傢伙畢竟是個生意人，也許能擠出點錢來也不一定。」

劉康歪著頭看了看傅華，說：「你究竟是想做什麼啊？別跟我說你真的關心起蘇強的討債業務了。」

傅華笑了笑，知道瞞不過劉康，他也沒想要瞞他，就說：「當然不是了，我們市委書記想把這個何飛軍整掉，要我幫他想想辦法，您看能不能幫我讓蘇強再加強一點力度啊？不過前提是只能多嚇唬，不要真的對他構成身體上的傷害。」

傅華怕蘇強超過尺度，特別提醒道。

劉康說：「這件事我可以幫你，不過，你會這麼要求可是很反常啊，以前你是不會主動跟我提出這種要求的，這次是有什麼特殊的原因嗎？」

傅華說：「是的，下一步我準備在北京做點事情，需要海川市委市政府的支持，搞定何飛軍是我們市委書記提出來作為交換的條件。」

劉康不禁感慨說：「傅華，你的變化很大啊，以前你可是十分不屑這麼做的。」

傅華說：「我也在慢慢適應這個社會，我改變不了這個社會，只好學著適應它了。」

劉康忍不住說：「我不知道你這樣是好是壞，只是希望你不要變得讓我都不認識了。」

傅華說：「不會的，不管怎麼變，我骨子裏的本質是不會變的。誒，劉董，您知道嗎，羅由豪的女兒現在跟睢心雄的兒子交往呢。」

劉康詫異地說：「這我還真不知道。羅由豪的女兒我見過，挺率性的一個女孩，想不到居然跟睢家扯上關係，有意思。」

傅華說：「我認為她是想借助睢家的勢力做大自家企業，這個羅茜男很有點頭腦。」

劉康認同說：「你對羅茜男的看法很準確，這個女孩子確實很有能力。羅由豪那個人實際上沒有多大的頭腦，他那家豪天集團最初專門做一些偏門生意，靠的是羅由豪的敢打敢殺，是在羅茜男手裏才走向正道的。誒，傅華，你說想擴大駐京辦的經營規模，是想做什麼啊？」

傅華不好意思地說：「我還沒想好，現在在北京可做又能賺錢的行業並不多。」

劉康說：「是啊，現在北京似乎就房地產行業還可以。」

傅華點頭說道：「對啊，不過現在北京隨便啟動一個項目，動輒就幾十億上百億的，可不是我能玩得轉的。」

劉康建議說：「你不一定非要在北京市中心搞啊，你可以把眼光往外放一放，通州、大興、順義這些地方其實還有很大的發展空間，那些地方的地價還算便宜，倒不妨考慮一下。北京的城市圈越來越往外擴，那些地方遲早也會發展起來的。」

不得不說劉康的眼光很獨到，現在北京郊區的地產業正有啟動的跡象，不過房地產這行不是隨便什麼人都能做的，必須要有強有力的人脈關係才行。在這一點上，傅華沒有自信。他這些年打交道的都是國家部委的人，跟北京郊區並不接地氣。於是笑笑說：「這個也不是說做就能做起來的，再考慮吧。」

這時，傅華的手機響了起來，看看號碼是胡瑜非打的，就接通了。

胡瑜非說：「傅華，你在哪裡啊？」

傅華說：「我在外面有點事，什麼事啊，胡叔？」

胡瑜非說：「我在駐京辦呢，想過來看看你，沒想到你卻不在，你什麼時候能回來啊？」

傅華說：「我的事情已經辦完了，馬上就回去，您等我一下吧。」

胡瑜非聽了說：「行，那我在駐京辦等你。」

掛了電話，傅華就對劉康說：「我要走了，胡瑜非在駐京辦等著我呢，就麻煩您幫我督促一下蘇強吧。」

劉康爽快地說：「放心，這件事我會幫你處理好的。」

傅華趕回了駐京辦，胡瑜非看到他進來，上下打量了他一下，笑說：「你今天的氣色好多了，怎麼樣，你跟鄭莉的事解決了嗎？」

傅華說：「解決了。」

胡瑜非笑說：「看這情形，你們應該是和好了吧？」

傅華搖搖頭，苦笑說：「沒有，鄭莉的爺爺把我找去長談了一次，最後說服我在離婚協議書上簽了字。」

胡瑜非的臉色有些尷尬，說：「鄭老這是怎麼回事啊，哪有做長輩的不勸合反而勸離的。」

傅華搖頭說：「這不能怪他老人家，是鄭莉堅持要這麼做的。」

胡瑜非勸說：「既然事已至此，你也別太難過了，大丈夫何患無妻，何況你又這麼優秀。這樣，回頭我讓東強的媽媽幫你介紹個好女孩。我跟你說，她一些朋友的女兒都很不錯，一定有適合你的。」

傅華笑了，說：「胡叔，您不要覺得這件事與您有什麼關係，都跟您說了，這是累積的結果，問題出在我身上，並不能怪您的。」

胡瑜非歉疚地說：「但我總是點燃這件事的導火線，沒有睢心雄綁架你妻子和兒子的事，你們一家三口還和樂的在一起呢。我胡瑜非一輩子都沒做過像這樣對不起朋友的事。你不讓我做點彌補，我於心難安。」

傅華笑說：「那也不用馬上就給我介紹女朋友啊，我和鄭莉目前只是簽了協議書，還沒正式辦手續呢。再說，我最近心情很亂，想靜一靜，暫時還不想去招惹這些事。」

胡瑜非笑了笑說：「行，這件事可以先放一放。誒，傅華，我來是有件事想跟你商量一下的。」

傅華看了胡瑜非一眼，說：「什麼事啊，不會又是跟睢心雄有關吧？」

胡瑜非歉意的說：「的確是與睢心雄有關，本來我是不想在這個時候再來跟你談這件事的，不過嘉江省那邊最近又有了一些新的動向，我就想來問問你是什麼看法。」

傅華笑笑說：「新的動向，是不是睢心雄又在大肆的搜索黎式申留下的東西啊？」

「你怎麼知道？」胡瑜非詫異地說：「睢心雄最近幾天簡直像瘋了一樣的逼著他的親信尋找黎式申留下的東西，不過都是在暗地裏採取行動，表面上根本就看不出來，你不應該知道的啊？」

傅華說：「那是因為睢心雄這麼做完全是因為我……」

傅華就把睢心雄打電話給他的情形跟胡瑜非大致說了，胡瑜非聽完，忍不住笑了起來，說：「我說睢心雄怎麼這麼慌張呢，原來是被你給嚇的啊。原本我還以為他是發現了什麼新的線索，才會這麼大肆搜索的。」

傅華笑說：「我想除非能找到這份東西，否則睢心雄今後一段時間之內，應該是睡不著覺的。」

胡瑜非聽了說：「他肯定會惶恐一陣子的。不過，這樣子只能讓睢心雄慌張一下而已，並不能傷到他的筋骨，要對付他，最好還是找到黎式申留下來的東西。傅華，你有沒有分析過黎式申究竟會把東西藏到什麼地方去呢？」

傅華搖搖頭說：「之前我也想過這件事，但是黎式申可能藏這個東西的範圍太大了，根本就毫無頭緒，我也想不出來他會把東西藏在哪裡。」

胡瑜非說：「其實也不是一點頭緒都沒有的，只是可能我們沒找對路子而已。」

「沒找對路子？」傅華困惑地說：「胡叔，您想到什麼路子了啊？」

胡瑜非思索說：「我是這麼想的，要找這件東西，我們可以用排除法，先把黎式申可能藏的地方一個一個排除，最後剩下來的，就應該是東西藏著的地方了。」

傅華皺了一下眉頭，說：「這個範圍似乎也太廣了一點。」

胡瑜非說：「我們還是可以先試著排除看看。首先看嘉江省這一邊，第一個地方就是黎式申的家，通常人最習慣藏東西的地方，應該是他最熟悉的地方。不過這個可以排除掉了，據楊志欣在嘉江省的眼線說，黎式申出車禍的第一時間，睢心雄就派人仔細的搜索過黎式申的家，什麼也沒找到。」

傅華說：「同理，黎式申工作的地方也可以排除了，睢心雄不會不搜索那裏的。」

胡瑜非接著分析說：「第三個地方，就是黎式申出車禍前在嘉江省接觸過的人，睢心雄把他們扣起來審查了一段時間，審查中還用了一些手段，也沒審出什麼來，這個似乎也可以排除，看來黎式申將東西藏在嘉江省的可能性不大。」

說到這裏，胡瑜非的眼神不覺得看向了傅華。

傅華笑說：「胡叔，你不會懷疑我把東西故意給瞞下來了吧？」

胡瑜非搖頭說：「那自然是不會了，我的意思是，很可能黎式申真的把東西留給了你，但是你並沒有注意到。你認真地想一想，那天黎式申跟你見面的時候，有什麼特別的地方沒有啊？」

傅華思索著說：「我想過不止一遍了，沒有啊，黎式申那天並沒有特殊的舉動，也沒暗示我，說他留了什麼東西給我。」

胡瑜非肯定地說：「不對，一定有什麼被你給忽略了。雎心雄這個人很謹慎，從黎式申被免職的那一刻起，雎心雄就安排人盯著黎式申了，所以他基本上是掌握了黎式申在那段時間的行蹤的；唯一沒被掌握到的就是他來北京見你的那段時間，這段時間內他一定做了什麼，只是你沒注意到罷了。」

傅華質疑說：「可是黎式申說他來北京，是來查證我說他被舉報這件事是不是真的，並不是來藏東西的。」

胡瑜非說：「他這個說法未必是真的，那時候他已經被雎心雄免職，還被人監視著，他肯定意識到處境的危險，應該會做一些預先的安排的。你再好好想想，那天他有沒有什麼古怪的地方？」

傅華沉吟了一下，把那天黎式申的一舉一動在腦海裏重又回想了一遍，想找到任何細小被忽略的細節，但是想了半天，還是一無所獲。

他只好看著胡瑜非搖搖頭說：「我重新把那天的事想了一遍，還是沒想到有什麼特別的地方。」

胡瑜非笑笑說：「那你就先放一放吧。恐怕急切間你也想不到什麼，放一放，心情平靜一下，想要的東西也許自己就會冒出來的。」

傅華莫可奈何地說：「好的，胡叔，一旦我想到了什麼，我會第一時間就通知你的。」

胡瑜非點點頭說：「好的。誒，傅華，你可要重視這件事啊，這件事雖然給你造成了離婚這種不好的結果，但事情要一分為二的看，這件事未嘗不是一個很好的機遇，一般人哪有這麼好的運氣能夠起到決定時局的作用啊，你可要知道，你如果真的幫助志欣成功上位的話，你得到的回報將是很可觀的。」

胡瑜非說到這裏，頓了一下，看著傅華繼續說道：「鄭莉要跟你離婚的事我跟志欣說了，他也覺得很內疚，讓我跟你說聲對不起。他還說適當的時候，他會對你做出補償的。」

傅華心裏雖然對楊志欣很不滿，但也知道事情既然已經這樣了，不滿意也改變不了什麼，而且他如果揪著這件事不放的話，只會鬧得大家都不愉快，倒不如表現的大方些，這樣反會讓胡瑜非和楊志欣更覺得虧欠了他。

傅華搖搖頭說：「沒必要了，我都說了，事情不能全怪你們的，至於補償就更沒必要了。」

胡瑜非卻說：「傅華，你不要覺得不好意思，有些東西是你應得的。這時候要學著臉皮厚一點，該拿的東西就要當仁不讓。」

傅華老實地說：「我不是客氣，而是我也想不出來要從楊書記那裏要什麼補償。」

胡瑜非說：「一看你這個樣子，就知道你不擅於向人求取什麼報酬的。你可以要的補償多著呢，比方說讓志欣賠你個老婆。」

傅華不禁笑了起來，說：「討老婆是需要感覺的，可不是什麼人都可以的啊，楊書記給我介紹的女人再好，我沒有感覺也不行，所以還是得自己去找。」

胡瑜非說：「這個不行，還有別的啊，比方說，你不是說考慮擴大駐京辦嗎，如果志欣提供幫助的話，那事情就很簡單了。」

傅華沉吟說：「我是真的認真在考慮這件事，剛才我在劉董那裏還說起過這件事呢，不過一時之間好像找不到什麼發展的方向。」

胡瑜非訝異地說：「原來你剛才在劉康那兒啊，你該跟我說一聲的，你說一聲，我會過去見他的，我很想見見當年這些老朋友。」

傅華聽了，說：「他說也很想見您，等改天找個機會，我幫你們約個時間吧。」

胡瑜非高興地說：「好啊。誒，劉康剛才是怎麼跟你說的？」

傅華說：「他說現在最好做的是地產。」

胡瑜非聽了說：「北京的地產業你現在可插不進手去，這個資金的投入太大了，幾十億的資金量呢，天策集團倒是可以出得起，不過你一個駐京辦做這個可就太顯眼了。」

傅華說：「我也覺得這個不切實際，劉董建議我把目光放到北京通州、大興這些郊區，說這些郊區還有很大的發展空間，投入也不需要太大。」

胡瑜非點點頭說：「劉康很有眼光，現在郊區的房價已經在動了，尤其是一些交通便利的地方，你看通往通州的那個地鐵線，沿線的房價都已經上萬了。北京現在的人口太密集，不堪負荷，把人口向郊區疏散，是必然的發展，所以未來郊區的地產必將迎來一個飛速成長的時期。」

傅華認同說：「這一點我很贊同，不過地產業牽涉到的部門和利益太多，必須要跟政府有相當的關係才行，因此雖然很賺錢，卻不是什麼人都能做的，我可沒這個膽量冒失的踏足進去。」

胡瑜非說：「你這個顧慮是對的，地產業確實不是什麼人都可以做的，將來看情況再說吧。眼前最需要解決的，還是找到黎式申留下的東西。」

傅華明白胡瑜非跟他講這麼多，目的歸結起來只有一點，那就是想要他幫忙找到黎式申留下的那份東西，只有找到那份東西，才能擊潰雎心雄的勢力，也才能幫助楊志欣成功上位。

看上去胡瑜非對他的期望很大，似乎只有他才能找到這份東西。但是傅華卻不這麼認為，他把能想到的細節都想過了，根本就想不出黎式申把東西藏在什麼地方。

不過他也不想在這時候掃興，就笑笑說：「我會努力找到它的。」

孫守義在跟傅華談過話後的第二天就返回了海川，他不知道何飛軍和姚巍山會不會趁他不在海川的時候搗什麼鬼，所以也沒心情在北京多待，急著回去主持大局。

在機場跟傅華告別的時候，孫守義還特別叮囑傅華不要忘了他們的約定。傅華對承諾孫守義的事已經有了幾分的把握，就讓孫守義放心，說他答應的事一定會做好。

下午，傅華按照跟鄭莉的約定，去了婚姻登記處，正式辦理離婚手續。

出現在傅華面前的鄭莉顯得很輕鬆，似乎感到一種解脫，這讓傅華心中很是惆悵，心說難道他們的婚姻真的變成了鄭莉的負擔了嗎？

離婚手續很簡單，辦事員看兩人的離婚協議都搞好了，也就沒再多問什麼，印章一蓋，他們的婚姻關係就被宣告解除了。

走出婚姻登記處的大門，傅華看了眼鄭莉，鄭莉卻刻意的跟他保持著距離，這個曾經與他最親密無間的女人，從此將與他分道揚鑣，不再有任何瓜葛。

北京，深夜。

歐吉峰租屋處的門口，歐吉峰鬼鬼祟祟的從樓道走了出來，邊走邊四面張望，確定沒什麼人跟著他了，這才走到自家門前，掏出鑰匙打開房門。

剛想往裏面走，從樓道裏突然一下子竄出兩名大漢，其中一名大漢上來就從後面給了他屁股一腳，把他給踹進屋裏去。

接著屋子裏的燈被打開，被踹了一腳好不容易才站穩的歐吉峰回頭看去，就看到兩名大漢一左一右的站在門口，然後一個三十多歲、留著長髮的男人從外面大搖大擺地走了進來。

歐吉峰自然認識這個男人，這個人就是這些天一直陰魂不散纏著他討債的蘇強。

蘇強陰陽怪氣地說：「歐總，這幾天你去哪裡了，我怎麼都看不到你啊，怎麼，想躲我啊？」

歐吉峰苦著臉說：「不是的，蘇經理，我有事回了老家一趟。」

歐吉峰這幾天確實是回老家去了，因為受不了蘇強討債的騷擾，他把妻子和孩子都送回老家去暫住，又在老家避了幾天，想著蘇強這些人找不到他，可能就不會來了，才又偷偷地溜了回來。

歐吉峰之所以還會回來，是因為有一些公司還欠他債務，他捨不得讓這些錢就這麼打水漂了，抱著一絲僥倖的心理想要偷回北京追討，然後拿著討到的錢徹底離開北京。

蘇強說：「你回老家幹什麼啊？是不是回去找錢還賬啊？來，給我搜一下他身上，看看有沒有錢！」

「別啊，蘇經理，」歐吉峰趕忙阻止道：「我身上就一點點錢，是我的生活費，你們要是拿走的話，我連吃飯的錢都沒有了。」

蘇強笑了起來，說：「歐總啊，不要把自己說的這麼可憐，你可是從吳老闆那裏拿走了三百萬啊，吃什麼飯的錢都有的。給我搜！」

兩名壯漢就上來按住歐吉峰，很快就從歐吉峰身上搜出一遝鈔票，遞給蘇強，蘇強拿到手裏一看，就幾千塊的樣子，於是拿著錢拍著歐吉峰的臉說：「歐總，怎麼就這麼點啊？這麼點錢可是不夠還吳老闆的。」

歐吉峰哀求說：「這還是我從老家跟親戚借的，蘇經理，我真的沒有錢了，您就放過我吧。」

蘇強笑說：「誒，歐總，你別這樣子好嗎？你讓我放過你，我放過你什麼啊，我有對你怎麼樣嗎？我這個人可是很講道理的。你說吧，我什麼事情不是經過你同意了才去做的？」

歐吉峰心中暗罵蘇強混蛋，這傢伙倒是真沒有對他要打要殺，卻採用死纏爛打的辦法，逼著他把值錢的東西都交了出來。就在這種蘇強所謂的「講

道理」的狀況下，他的車子被拿走了，銀行卡被領光了，搞得他現在幾乎是身無分文。

不過歐吉峰雖然心中不滿，卻不敢說任何不滿的話，以免激怒他，萬一這傢伙發起火來砍了他就不值得了。

歐吉峰告饒說：「蘇經理，我怎麼敢說您不講道理啊，不過我真的是沒錢了，您就高抬貴手，放過我吧。」

蘇強搖搖頭說：「歐總啊，你這話就不對了，打從我記事的時候起，我老爹就告訴過我，欠債還錢，天經地義。你還欠吳老闆二百多萬呢，難道說吳老闆的這兩百多萬就這麼沒了？這個道理可是走到天邊都說不過去的。」

歐吉峰忙說：「我沒說不還，這錢我一定會還的，不過我現在沒錢，能不能求您再寬限我些日子，等過些日子我有錢了，一定馬上就還。」

「呵呵，」蘇強笑了起來，說：「歐總，你當我傻瓜啊，前幾天你也是求我寬限你幾天，我這人講道理，不能不給你點時間籌錢不是？可你是怎麼做的？你這傢伙居然利用寬限的時間帶著家人跑掉了。」

蘇強說到這裏，伸手拍了拍歐吉峰的臉蛋，詭笑著說：「這次你又來求我寬限時間了，你又想幹嘛啊？是不是想利用這個時間徹底結束業務，然後離開北京再不回來了？」

歐吉峰趕忙否認說：「不是，不是的，我真是沒錢了。您多給我點時間，我儘量去湊錢還給你，好不好？」

蘇強的臉沉了下來，凶狠地說：「歐吉峰，你不用給我裝可憐了，我對你的耐心已經到了極限，我也沒時間跟你窮蘑菇，你要我寬限你時間是嗎，好吧，我再給你三天時間，這三天，我不管你是去偷去搶去騙，反正用什麼手段隨你的便，但是三天之後，我一定要看到你把欠吳老闆的錢放在我面前，否則的話，你可別怪我不客氣。」

聽蘇強願意再寬限三天，歐吉峰連連點頭說：「行，蘇經理，我一定會在三天內盡力籌錢的。」

歐吉峰答應的這麼痛快，並不是他真的有辦法在三天內籌到兩百多萬，而是只求趕緊送走眼前這尊瘟神，送走這尊瘟神後，他好趕緊想辦法離開北京。這時候歐吉峰已經不再想著那些債務了，只想趕緊擺脫蘇強，寧可不要這些錢，也不想再見到蘇強了。

蘇強並沒有馬上就離開，反而笑了笑說：「歐總，你答應的這麼痛快，是不是想先把我糊弄走了，然後你好跑回老家？告訴你，你不要打這種鬼主意了，你看看這是什麼？」

蘇強說著，就將幾張照片遞給歐吉峰，歐吉峰一看傻眼了，照片上是他的老家，房子前面站著他年紀老邁的父母。

歐吉峰急忙道：「你這個混蛋，你拍我老家的照片幹嘛？」

蘇強笑得更加燦爛了，他說：「我是告訴你，你這個傻瓜還真以為逃得開我們的監控啊？我那是想看看你能不能從別的地方找到錢，所以才故意放你們一家子離開北京的。」

歐吉峰聽到這裏，頓時面如土色，他原本還以為能有機會逃脫蘇強的魔掌，哪知道這根本就是蘇強的圈套，他現在就像是被蘇強捏在手心的一隻螞蟻，隨時都可能被蘇強給捏死。

蘇強接著說道：「歐吉峰，你給我聽著，如果不想讓我去給你父母講講道理的話，三天之內，就老老實實的把錢給送過來。」

「千萬別啊，」歐吉峰央求道：「蘇經理，我求您，我父母年紀大了，可經不起折騰。」

蘇強冷笑一聲說：「你如果怕我去跟你父母講道理，那就趕緊把錢還清。行了，歐總，我走啦，你睡個好覺吧。」

蘇強說完，就帶著人揚長而去，歐吉峰再也站不住，腿一軟就癱在地上，放聲大哭起來。

他現在後悔萬分，當初不該起貪心從吳老闆手中騙取那三百萬，以至於釀成今天這種苦果，不但自己的生意沒法做下去，還牽連到父母家人。

第三章

高人指點

姚巍山後悔當初不該找孫守義出面做何飛軍的工作，
主要的是，孫守義可以要求他必須要處理這件事。
這等於是自己送上門來讓人宰割！
以前孫守義可沒有這樣的頭腦，
看來這次回北京，一定是有什麼高人指點他了。

海川市政府，市長姚巍山辦公室。

姚巍山正在接待從乾宇市來看他的政法委副書記林蘇行。

林蘇行四面打量著姚巍山辦公室裏的豪華裝修，讚嘆說：「我的姚市長，您現在可真是鳥槍換炮了，這裏的辦公環境可比乾宇市好得不止一點半點啊。」

姚巍山得意地說：「那是，乾宇市怎麼跟海川市比啊，海川在東海省是排名前幾名的大市，各方面條件都比乾宇市要好得多的。」

林蘇行苦笑了一下，說：「你好了，可就苦了我了。」

姚巍山看了林蘇行一眼，說：「怎麼，華靜天難為你了？」

林蘇行訴苦說：「是啊，你走之前，在大庭廣眾下掃了華靜天的面子，他當然懷恨在心了，可是你現在已經是海川市的代市長了，在東海省的地位比他還要高，他就是想報復也報復不到你身上，只好拿我出氣了。現在倒好，好事輪不到我，什麼扶貧、救災之類出力不討好的事都有我的份，稍稍有一點做得不好的地方，華靜天就會在會議上點名批評我，我現在在乾宇市是黑得不能再黑了。」

林蘇行可憐兮兮地說：「我現在在乾宇市是一天都待不下去了，您看是不是拉兄弟一把，把我調到海川來啊？」

姚巍山看了看林蘇行，心裏有些愧疚，的確是他牽連了林蘇行，那次林蘇行請他去喝酒，李衛高在席上說他馬上就要轉運了，他一時高興多喝了幾杯。不巧在離開時遇到了華靜天，兩人一言不和吵了起來，姚巍山當眾說了華靜天的醜事，搞得華靜天很是下不來台。其後他調任海川，華靜天拿他沒轍，就把氣全撒到林蘇行身上了。

說起來林蘇行算是他很好的朋友，在他失意的時候，只有他陪在他身邊，經常叫他出去吃個飯，聊聊天什麼的。而林蘇行提出想調來海川的這個要求也不算過分，林蘇行的職務是乾宇市政法委副書記，級別是縣處級，姚巍山這個代市長應該能辦得到。

姚巍山覺得只要他提出這個要求，孫守義一定會給他這個面子的。就笑笑說：「老林，這件事我無法立即答應你，我要先跟市委書記孫守義溝通一下。不過我想他應該會給我這個面子的。問題是你想過來之後怎麼安排啊？還做你的政法委副書記？現在海川市政法委可是已經有好幾個副書記了。」

林蘇行說：「我不太想去什麼政法委，能不能在您身邊給我找個位置啊？這樣我們之間也好互相有個照應。」

姚巍山想了一下，他是空降到海川市政府的，在海川什麼親信都沒有，確實也需要有個信得過的人在身邊。林蘇行過來的話，便能彌補他這方面的不足。

不過，林蘇行要到他身邊工作，比較合適的位置就是市政府的副秘書長，而現在海川市政府的副秘書長已經滿員，並沒有空缺，姚巍山現在代市長還沒轉正，還不到他強硬的時候，因此他並沒有能把林蘇行安排進來的可能性。

姚巍山為難地說：「老林啊，我也想把你安排在我身邊，不過目前市政府的好位置上都有人了，沒有空缺啊。要不你再等等，給我一段時間，我想辦法調整一下，調整出空位了我再把你調過來。」

林蘇行聽了說：「那您可要快一點，我現在在乾宇市可是一天都熬不下去了。」

姚巍山說：「行，我會儘量想辦法快點的。」

林蘇行問：「那您打算讓我做什麼職務？」

姚巍山說：「你先來做副秘書長，過渡個一兩年之後，我再把你扶正，好幫我把市政府辦公廳這一塊給管起來。」

林蘇行點點頭說：「這個位置倒是不錯。誒，您跟海川市市委書記孫守義相處的怎麼樣啊，他這個人好相處嗎？」

姚巍山不置可否地說：「目前還可以吧，我現在得哄著他，在這傢伙面前態度一直很謙卑，什麼事都儘量按照他的意思去辦，這樣他就是想不好相處都難的。」

林蘇行不禁問道：「那這個孫守義能力怎麼樣，跟華靜天相比如何呢？」

姚巍山說：「這傢伙能力是有的，感覺上比華靜天要強一些。」

林蘇行說：「那您應付得過來嗎？」

姚巍山嗤了聲說：「怎麼應付不過來啊？他雖然比起華靜天要強，但比起我來還是有段距離的。不說別的，就看他用的那些人吧，都是些什麼貨色啊，沒一個有出息的，顯見他也不是什麼水準高的人。」

林蘇行聽了說：「這對您來說是好事啊，這傢伙能力不是那麼出色，相對來說，你也能儘快全面掌控海川市的局面。」

姚巍山狂妄地說：「那當然，我跟你說，我現在就是因為代市長還沒轉正，還需要用到這傢伙，所以什麼事都對他很客氣；一旦我正式成為海川市市長，局面馬上就會有所變化的。」

林蘇行巴結說：「這我相信，您的能力有目共睹，一旦您施展開來，這海川市肯定會變成您的天下啦。」

海川市委，孫守義辦公室。

孫守義正在跟束濤談話。

束濤說：「孫書記，怎麼這次回北京，也沒多住幾天啊？」

孫守義笑笑說：「我哪敢多待啊，現在市裏形勢這麼亂，我待在北京也不安心啊，所以就趕緊回來了。」

束濤意味深長地看了一眼孫守義，說：「您是擔心何飛軍吧？這對夫妻確實很令人討厭，要不我安排人好好教訓一下這倆傢伙，看他們還敢不老實！」

孫守義搖搖頭說：「你先別去動他們，早晚有收拾他們的一天。那對夫妻就是一對無賴，成事不足敗事有餘，不足為患的。」

束濤愣了一下，說：「原來您不是在擔心何飛軍啊，那您在擔心什麼？」

孫守義看著束濤說：「束董，你覺得我們的代市長這個人怎麼樣啊？」

「您是說姚巍山啊，」束濤想了一下，說：「我跟他接觸過幾次，感覺上他的能力還不錯，其他吧，目前還真是不好說，他現在代市長還沒轉正，跟誰都是客客氣氣的，還看不出好壞來。」

孫守義冷笑說：「我如果告訴你，這傢伙已經在為自己撈取利益了，你相信嗎？」

束濤詫異地說：「不會吧，這麼快就露出馬腳了？」

孫守義嘆說：「他幫人跟何飛軍爭化工賓館，結果不敢跟何飛軍硬碰硬，只好放棄了。誒，說到這裏，你們城邑集團對化工賓館感不感興趣啊？那個賓館的底子還不錯，如果拿下來，是有一定的價值的。」

束濤搖搖頭說：「我對經營賓館興趣不大，怎麼，孫書記，您想讓我拿下這個賓館？」

孫守義說：「我沒有非讓你這麼做的意思，我只是突然有了這個想法。你大概也知道化工賓館流拍的事吧，我覺得那個起拍價已經很低了，何飛軍還讓它流拍，想要謀取更多的利益，實在是吃相有點太難看了，所以想讓你出面給他攪了。不過既然你沒興趣，那就當我沒說過吧。」

孫守義把話題再次轉回到姚巍山身上，問說：「束董，如果我讓你選擇，你是會選擇站在姚巍山那邊，還是我這一邊呢？」

束濤毫不考慮地說：「孫書記，這還用說嗎？我們算是打出來的交情，也合作了這麼長時間，我認為我們的合作基礎已經很牢靠了，我自然是站在您這邊了。說吧，您想要我做什麼？」

孫守義聽了說：「你這麼說我就放心了。海川市接下來的一段時間，市長選舉將是一場重頭戲，我想趁這個機會，給某人一點教訓，讓他知道一下上下尊卑。」

束濤擔心地說：「孫書記，選舉的事可不是鬧著玩的，您又是這次選舉的直接負責人，您要操作這件事，可要先把利害關係想清楚啊，可別沒傷到姚巍山，先把自己給傷了。」

孫守義笑笑說：「你別緊張，事情不是你想的那樣，我可並沒有說讓姚巍山選不上，而是想要他在我的幫助下勉強選上，你明白我的意思嗎？」

束濤想了想，說：「我明白了，原來您是想給他一個難堪，並不是要將他趕出海川啊。」

孫守義點頭說：「我就是這個意思。」

束濤問：「那您想要我怎麼做呢？」

孫守義看著束濤說：「你知道這件事最難的地方是什麼嗎？」

束濤搖搖頭，說：「我不知道，您說是什麼？」

孫守義說：「最難的是，這件事得做到不著痕跡，如果著了任何的痕跡，對你和我來說都可能是一場大麻煩，這你要做到心中有數。」

束濤笑了笑說：「我知道這件事的風險，您就說讓我怎麼辦吧。」

孫守義授意說：「我的意思是，讓一些人大代表在第一輪投票的時候投棄權票，但是切記，你不要讓那些代表採取什麼統一的行動。」

束濤說：「這個我倒是可以辦得到，不過就這麼投棄權票可有點師出無名啊。」

孫守義說：「這你放心，到時候會有讓代表們投棄權票的理由出現的。」

束濤又說：「再是人大這邊我能掌控的人，如果不採取統一行動的話，恐怕對姚巍山不足以構成威脅啊。」

孫守義說：「束董，這你就不用擔心了，你只要做好你這部分，其他的事我來處理就好。」

束濤便點點頭說：「好的，沒問題。」

送走束濤後，孫守義打了一個電話給姚巍山，讓姚巍山到他這兒來一趟，他要跟姚巍山談一談何飛軍和化工賓館的事。

孫守義打這個電話是臨時起意的，本來他並不想跟何飛軍有什麼直接的衝突，但是剛才他提出讓束濤接手化工賓館卻被拒絕，讓他感到十分羞辱。

孫守義心說我這個市委書記做得也太沒勁了吧，一個無賴的何飛軍就讓我縛手縛腳的，再這個樣子下去，我不是成了海川市的笑話了嗎？不行，不能再容忍何飛軍這樣下去了。

不過孫守義雖然想有所行動，卻沒傻到要衝到第一線上跟何飛軍直接對壘的程度。這件事是姚巍山分管的業務，要衝在第一線也該是姚巍山衝到第一線上。

孫守義一想到姚巍山幾次把何飛軍的事情推到他這兒來，心中就有氣，搞得他也跟著受牽連。原本孫守義還怕姚巍山市長選舉出岔子，現在他卻巴不得姚巍山選舉出問題。既然這樣，乾脆把姚巍山踢過來的何飛軍這個燙手山芋再踢回給姚巍山，未嘗不是一條妙計。

你姚巍山不是想跟我耍小聰明嗎？那我們就耍耍看，看看到底誰更聰明一些。

接到孫守義電話時，姚巍山正在和林蘇行聊天呢，他對孫守義說要跟他談何飛軍和化工賓館的事並沒在意，認為這不過是一場很平常的約談而已。

放下電話，姚巍山便對林蘇行說：「是市委書記孫守義的電話，讓我過去商量化工賓館的事，這傢伙前幾天為了這家賓館的事，在我手下的一個副市長手裏吃了癟，大概是要我過去一起商量怎麼解決這件事吧。」

林蘇行聽姚巍山這麼說，就站了起來，說：「您有事就去忙吧，我要跟您說的事情也都說完了，我先回乾宇市了。」

姚巍山挽留說：「你別急著走啊，你大老遠的來看我，怎麼也要在我這兒吃頓飯再走啊。」

林蘇行客氣地說：「還是不了，您的事情太多，我打攪您太久不好。」

姚巍山熱情地說：「你還跟我客氣了？我就是再忙，陪老朋友的時間也是有的，一定要在我這裏吃了飯再走，我們倆也好長時間沒聚一聚了。你等一下，我讓辦公廳那邊安排一下，給你先找個地方休息休息。」

姚巍山就打電話給政府辦公廳，讓他們先將林蘇行安頓下來，等這件事情處理好，他才去了孫守義的辦公室。

孫守義看姚巍山磨蹭很久才過來，心中越發不高興了，姚巍山沒有接到電話就馬上趕過來，竟讓他這個市委書記在這兒等他，可見心中對他根本就不尊重。

孫守義壓下心中的不快，招呼說：「你來了老姚，坐。」

姚巍山坐了下來，說：「孫書記，您要跟我談化工賓館的事？您是想到了什麼解決的好辦法了嗎？」

姚巍山這話讓孫守義聽著格外的刺耳，姚巍山一定猜到了他跟何飛軍談話碰釘子的事，卻故意說他找到了解決問題的辦法，在孫守義聽來格外的有諷刺意味。

孫守義心裏罵了句混蛋，衝著姚巍山笑了笑說：「是啊，老姚，我要跟你談的就是怎麼解決化工賓館和何飛軍的問題。」

姚巍山愣了一下，看孫守義笑得那麼輕鬆，心中不禁納悶，難道孫守義真的找到了什麼解決的高招了？應該不會啊，就他的猜想，眼下除了省政府出面處理何飛軍，他還真想不到孫守義能有什麼別的辦法解決這個難題。

孫守義繼續說道：「那天根據你的要求，我找何飛軍談了一次話，唉，這傢伙簡直是無組織無紀律，談話的時候態度很惡劣，我跟他講了半天，他依舊是我行我素，不肯改正他的錯誤。」

姚巍山聽了未免有些洩氣，他可是希望孫守義能夠真的把何飛軍的問題給解決掉的。剛才他還以為孫守義已經找到辦法對付何飛軍了，沒想到孫守義繞了一個圈，結論還是在說無法勸服何飛軍，拿何飛軍沒辦法。

姚巍山暗自冷笑一聲，說：你這個市委書記也夠無能的，這個無賴是你培植起來的親信，你手裏又掌握了那麼多的資源，卻還是依舊拿他一點辦法都沒有。

既然這樣，那就沒必要再談下去了，就說：「這個何飛軍確實是令人頭疼啊，孫書記，眼下正是敏感時期，要不這件事情就先放一放？」

沒想到孫守義卻把臉一沉，說：「放一放，這件事情怎麼能放啊？明知道一些同志要做違法違紀的事卻不管，我這個市委書記可做不到。」

姚巍山一陣錯愕，一向在何飛軍面前顯得有些軟弱的孫守義，怎麼突然態度強硬了起來？姚巍山看出孫守義對他不滿，心裏便開始有些不安，他感覺孫守義的強硬似乎並不是衝著何飛軍，而是衝著他來的。

姚巍山不清楚為什麼孫守義對他的態度會突然有這麼大的變化，他自問自己在孫守義面前行為還算檢點，應該沒什麼得罪孫守義的地方啊？

他看了看孫守義，試探著問道：「孫書記，那您的意思是要怎麼處理這件事啊？」

孫守義不滿地說：「老姚啊，這我就要批評你了，你怎麼還要問我怎麼處理呢？你是市長啊，怎麼，連處理這種事的辦法都沒有嗎？」

孫守義這口氣已經是在責備他了，姚巍山暗想：這傢伙是什麼意思啊，難道他在何飛軍那裏碰了釘子，所以轉過頭來找自己發洩？

姚巍山心裏有些惱火，心說你算是什麼東西，有什麼資格來批評我啊？你在何飛軍面前還不是一樣吃癟？你拿他沒辦法，倒是衝著我來亂發脾氣。

姚巍山臉色難看地辯解說：「孫書記，事情我能處理，不過，何飛軍這個同志確實是很特殊，一點小事就會採取過激的行為，上次在您辦公室鬧自殺的事才剛平息下來，這時候我再去招惹他並不明智。我現在又處於市長選舉的敏感時期，做什麼事都不得不謹慎一些，這些因素加起來，這件事就不好處理了。」

姚巍山羅列了這麼多理由，是告訴孫守義，他不是不處理，而是事情太過棘手，他沒辦法處理。所以孫守義怪罪他是沒有什麼道理的。

哪知道孫守義根本就是有備而來，沒有要放過姚巍山的意思，搖搖頭說：「老姚，你這話說的怎麼一點擔當都沒有，不好處理你就這麼放任他了嗎，市長的工作難道是這麼幹的？我跟你說，如果市政府對何飛軍就這麼聽之任之，那是很不負責任的行為。」

孫守義說到這裏，為了強調他的憤慨，還用力地拍了一下桌子。

本來就因為孫守義態度突然變化心裏有些緊張的姚巍山，被這突如其來的聲音嚇得一哆嗦。

孫守義看在眼中了，在心裏不屑的冷笑了一下，這傢伙也不過如此啊，輕輕地收拾他一下，他就受不了了，這樣還想來跟我鬥，簡直是不自量力！

孫守義嚴肅的說：「老姚，你不是跟我講過，公眾眼中是有一桿秤的嗎，你想過沒有，你如果一味的軟弱，對違法違紀的事都硬不起來，公眾又會怎麼看你啊？如果你在公眾眼中這桿秤上沒有分量，你又怎麼能取得海川市民的信任，如何讓他們選你當市長？」

孫守義這是在以子之矛攻子之盾，讓姚巍山心裏這個鬱悶，偏偏還找不到為自己辯駁的理由，這些話都是他自己說的，他總不能自己打自己耳光吧？他心裏暗道，孫守義，你個混蛋，現在我有求於你，不得不讓著你。不

過你給我記著，總有一天我會跟你算這筆賬的。

姚巍山這時候才有些後悔當初不該找孫守義出面做何飛軍的工作，他不找孫守義，這件事就還在他的掌控之中，處理或者不處理他都可以斟酌，他完全可以把何飛軍這件事壓下來，置之不理。現在可好，他把問題交到孫守義這裏，主動權就被孫守義拿去了。

最主要的是，孫守義可以要求他必須要處理這件事。這等於是自己送上門來讓人宰割！也讓孫守義找到了解套的辦法。以前孫守義可沒有這樣的頭腦，看來這次回北京，一定是有什麼高人指點他了。

姚巍山強笑了一下說：「孫書記您批評得對，是我顧慮太多了，這樣吧，我回去之後，會讓市政府馬上成立一個相關的調查小組，徹查化工賓館流拍的真正原因。」

姚巍山這麼說，只是對孫守義使出的緩兵之計，調查有很多種方式，搜根問底，非要探究出事件的真相，是調查的一種；不鹹不淡的問一下，也是調查的一種方式。姚巍山心中打算採取後一種調查方式，既可以把孫守義糊弄過去，也避免直接跟何飛軍衝突，兩全其美。

孫守義怎麼會不明白姚巍山想玩什麼花招呢？他冷笑一聲，心說姚巍山你想得美，你不想去碰何飛軍，我偏就非逼著你去碰何飛軍不可。

孫守義就笑了一下，說：「老姚啊，你別怪我剛才的態度。我也是情非得已，你知道嗎，不僅僅是何飛軍在插手化工賓館拍賣的事，我們班子裏好像還有別的同志也試圖插手這件事。」

孫守義是故意這麼說的，他這是故意指著和尚罵禿子，把姚巍山做的事說給姚巍山聽，偏偏又不點破，讓姚巍山心裏發驚，好讓姚巍山不敢對化工賓館的調查敷衍了事。

姚巍山果然就有點緊張了，孫守義這麼說是什麼意思啊，班子裏還有別的同志插手這件事，這個別的同志究竟是指誰？難道孫守義已經知道了他幫李衛高爭取過化工賓館？

姚巍山一邊暗自心驚，一邊故作不知情的問道：「班子裏還有別人插手過化工賓館的事？誰啊，我怎麼一點風聲都沒聽到啊。」

孫守義暗自好笑，姚巍山！你就給我裝吧，你當我不知道你做過什麼嗎？他笑了一下，說：「我也不太清楚是誰，就是聽到一些議論，現在海川不少市民對化工賓館流拍這件事很反感，都認為這是官商勾結，想侵奪國有資產。這個議論如果不趕緊制止的話，勢必會影響到接下來即將舉行的市長選舉，所以我們必須要嚴肅查處，好給海川市民一個交代。」

事關市長選舉這個冠冕堂皇的理由，姚巍山不得不表態說：「請孫書記放心好了，我一定會嚴肅查處這件事的。」

孫守義冷冷地說：「最好是這樣，你可要充分重視這件事，如果市政府的調查力量不足的話，你儘管跟我說，我會讓紀委陳昌榮書記抽調精幹人馬幫你調查的。」

姚巍山聽出孫守義說這句話的意思並不是真的想幫他，而是帶著一種威脅的意味，似乎是提醒他，如果市政府沒有認真的調查化工賓館的事，他會讓紀委插手進來的。

這時候，姚巍山知道事情無法敷衍過去了，只好說：「好的孫書記，我會充分重視這件事的，一定會查出這次流拍的原因，好給民眾一個交代。」

姚巍山是黑著臉從孫守義的辦公室離開的，這讓孫守義心中感到一絲愜意，他總算是教訓了姚巍山，為自己找回一點面子。

姚巍山現在一定在頭疼要如何處理何飛軍和化工賓館的事，何飛軍知道姚巍山也在爭取化工賓館，一定會認為姚巍山是在打擊報復他，自然不會甘於就範，少不得又是一場大鬧。

那時候，姚巍山不但會在何飛軍那裏碰個釘子，他私下幫李衛高勾兌想要購買化工賓館的事也會曝光，姚巍山一定會被搞得狼狽不堪，姚巍山的威信也會遭受重創。同時，不管姚巍山能不能查出什麼問題，何飛軍想要為吳老闆圖謀化工賓館的美夢肯定是破產了。

第四章

漁翁得利

林蘇行說：「孫守義其實是有一石兩鳥的意圖，
這樣處分了何飛軍的同時，也打擊了你的威信。」
姚巍山忿忿不平地說：
「對，這就是孫守義居心最險惡的地方，
他想看我和何飛軍鷸蚌相爭，他好漁翁得利。」

姚巍山出了孫守義的辦公室，直接去找林蘇行。

林蘇行被安頓在海川大酒店，姚巍山去了他休息的房間，說：「走，老林，我們吃飯去。」

此刻姚巍山已經儘量的讓情緒平復下來，他不想讓林蘇行看到他在孫守義那裏吃了癟。但是林蘇行還是從姚巍山的臉色當中看出了些端倪，就關心地問道：「怎麼了，姚市長，我看您好像有些不太高興的樣子，是不是孫守義給您出了什麼難題了？」

姚巍山不想在林蘇行面前談論這件事，他才在林蘇行面前吹過牛皮，沒想到不一會兒的功夫他就在孫守義那裏栽了跟頭，實在是太丟面子了。因此姚巍山笑笑說：「老林，別管他了，我們可是難得一聚，別讓這傢伙影響了我們的胃口，走，吃飯去。」

姚巍山就帶林蘇行去了海川大酒店的餐廳，兩人要了一個雅間，姚巍山點了一桌子的菜，又開了一瓶葡萄酒，和林蘇行邊吃邊談起來。

幾杯酒下肚，姚巍山的神情才恢復到往常的狀態。

林蘇行看姚巍山的神情放鬆下來，就重拾剛才的話題說：「姚市長，剛才你們的市委書記究竟跟您談了些什麼啊？讓您的臉色都變了？」

姚巍山皺了一下眉頭，回避說：「老林啊，我們不談這些，喝我們的酒就好了。」

林蘇行有些不高興地說：「姚市長，我知道您的身分變高了，可能看不起我這樣的老朋友，其實我問您這話沒什麼別的意思，純粹是出於朋友的情分關心一下而已，您用不著跟我遮遮掩掩的。」

姚巍山看林蘇行語帶不滿，趕忙說：「老林，你別生氣，我不是不想告訴你是怎麼回事，而是我剛才在孫守義那裏觸了霉頭，我不想把這件事情說出來，掃了我們的酒興。」

林蘇行看了姚巍山一眼，說：「原來孫守義還真是給您出了難題啊，您不是說孫守義這傢伙沒什麼能力嗎？」

姚巍山苦笑說：「看來我是太輕視這傢伙了，沒想到這傢伙也有陰險的一面。」

林蘇行說：「通常能做到地市級市委書記的位置的人，都不會是那麼好對付的。恐怕您是有點輕敵了。」

姚巍山搖搖頭說：「也不是說孫守義本身就這麼厲害的，他的能力其實並不太強，我還能應付得來，不過這傢伙身後的人很厲害啊。」

林蘇行大感好奇地說：「這傢伙身後的人是誰啊？他是什麼來歷？」

姚巍山說：「這傢伙是國家部委跟地方幹部交流的時候從北京來海川市的，他原來是中組部趙副部長的秘書，他的岳父也是中組部的一位高官。」

「哇，這傢伙背景這麼雄厚啊！」林蘇行驚訝的說。

「對啊，」姚巍山說：「這傢伙就是下來鍍金的，並沒有什麼真本事。原本很好糊弄，沒想到回了一趟北京之後，突然就變得難纏起來，因此我猜一定是趙副部長這些人給他出了主意了。」

林蘇行說：「再難纏也能找到對付他的辦法，您說了半天，還沒說出究竟是什麼事讓您這麼為難呢？方便的話，說給我聽聽，看看我能不能幫您出出主意。」

姚巍山想了想，說實話，他現在對怎麼處理何飛軍和化工賓館的事還真是沒底，不如把這件事說給林蘇行聽聽倒也未嘗不可。林蘇行是他一向很信賴的朋友，兩人以前無話不談。再說，一人計短，兩人計長，也許林蘇行能幫他找到什麼解決問題的辦法也很難說。

姚巍山就把事情的來龍去脈講給林蘇行聽。

林蘇行聽完，笑說：「你們這位市委書記真夠滑頭，他這是想讓你來頂雷啊，他自己無法解決這個問題，就來逼著你給他解決。」

姚巍山點點頭說：「是啊，他自己怕何飛軍，不敢出頭，就把事情推到我頭上來。老林啊，這傢伙還真是給我出了個大難題，處理吧，那個何飛軍是塊滾刀肉，肯定不會就這麼俯首貼耳的讓我處理，搞不好最後又會跟我來一場大鬧；不處理吧，孫守義又把事情交代了下來，我不處理，將來出了問題，可就是我的責任了。」

林蘇行說：「也沒這麼難吧？問題本身很好解決，您擔心的無非何飛軍又要跟您耍無賴，怕會鬧得您下不來台；我倒覺得這沒什麼，您在乾宇市也不是沒處理過這一類的事；這些無賴根本就是欺弱怕強，您強硬起來，他就會軟弱下來了。」

姚巍山卻沒有自信地說：「老林，事情不像你想得那麼簡單。」

林蘇行說：「問題能有多複雜啊？我知道您是怕事情鬧大，會影響到您的市長選舉，不過，孫守義那句話是對的，你一味的軟弱，海川公眾又怎麼能相信你能做好這個市長呢？」

姚巍山左右為難地說：「老林，這次的情況不同，你不知道，原本李衛高也打過這個賓館的主意，後來我怕跟何飛軍起衝突，就主動放棄了。」

林蘇行怔了一下，他明白姚巍山為什麼會為難了，姚巍山自身不正，自然無法去指責何飛軍行為不端正啦，便說：「您是怕李衛高的事會被何飛軍翻出來？」

姚巍山點點頭說：「這件事何飛軍也知道，我怕衝突起來，何飛軍會拿這件事做文章。唉，老林，這事棘手啊。」

林蘇行陷入了思考，他現在是打算來海川投奔姚巍山的，自然不能看姚巍山在海川受制於人；同時，他也想顯示一下自己的才能，好加深姚巍山調他來海川工作的機會。

林蘇行心中很快就有了一個主意，就笑笑說：「姚市長，其實這個問題不像您想的那麼難，還是有解決辦法的。」

姚巍山不相信的說：「老林，你想到什麼高招了嗎？」

林蘇行說：「也不算是什麼高招，不過倒是能幫您暫時度過這個難關，只是您不一定會願意照我說的去做。」

姚巍山猶如抓到救命稻草似的說：「只要能度過眼前這個難關，我怎麼會不願意照你說的去做呢？趕緊說，什麼辦法？」

林蘇行分析說：「其實很簡單，這件事情的關鍵是在何飛軍會不會鬧事，你之所以覺得這件事難辦，就是擔心何飛軍會不給你面子，跟你鬧騰起來，不是嗎？」

姚巍山點點頭，說：「我就是怕這個何飛軍鬧得我收不了場，這傢伙是個無賴，你不知道他會做出什麼樣的舉動來。孫守義讓我處理，就是想看我這個笑話的。」

林蘇行聽了說：「只要您能讓何飛軍鬧不起來，孫守義這個笑話不就看不成了嗎？」

「鬧不起來？」姚巍山困惑的說：「怎樣才能讓何飛軍鬧不起來呢，老林啊，你不瞭解這個傢伙，他根本就不受掌控的。」

林蘇行面授機宜說：「您去掌控他幹什麼啊？您跟他結成同盟，他不是就不會鬧你了嗎？」

「結成同盟？」姚巍山有點不屑的說：「我怎麼可能跟這個傢伙結成同盟呢，這傢伙太下三濫了，跟他結盟我會掉價的。」

林蘇行笑了起來，說：「我的姚大市長，是不是讓何飛軍鬧得你下來台，你就不覺得掉價了？」

「那倒也不是，」姚巍山猶豫地說：「不過我真的不願意跟這種無賴結盟。」

林蘇行開導說：「孫守義非要你處理何飛軍和化工賓館的事，其實是有一石兩鳥的意圖，他就是想看到你跟何飛軍衝突起來，這樣處分了何飛軍的同時，也打擊了你的威信。」

姚巍山忿忿不平地說：「對，這就是孫守義居心最險惡的地方，他想看我和何飛軍鷸蚌相爭，他好漁翁得利。」

林蘇行分析說：「孫守義越是這個樣子，您就越是不應該讓他得逞。再說，就目前的狀況來說，你和何飛軍並不是對手，應該算是同一個戰壕裏的戰友，你們的對手是同一個人，就是市委書記孫守義。我這麼說，您不反對吧？」

姚巍山想了想，同意地說：「這一點你說的倒是對的。」

林蘇行說：「既然您承認您和何飛軍共同的對手是孫守義，那你就應該明白，只有你們兩人聯手起來，才有可能度過這次的難關。」

姚巍山無奈地說：「你這麼說也有道理。不過問題是，何飛軍現在在海川的名聲很臭，我跟他結盟，會影響到我的聲譽的。」

林蘇行笑說：「您跟他結盟也不一定非要嚷得路人皆知啊，你們可以私下達成協議，在一些重要場合相互支持，這不就行了？」

「可是，」姚巍山還是有些猶豫不決，說：「我還是覺得這件事弊大於利……」

林蘇行打斷姚巍山的話，說：「我不贊同您的看法，我倒覺得這麼做對您很有利。」

姚巍山愣了一下，說：「對我很有利，有什麼利啊？」

林蘇行說：「您聽我跟您分析一下就明白了，您現在初到海川，立足未穩，正是需要用人的時候，何飛軍雖然有些無賴，但未嘗不是一個可用的人。」

「他可用？」姚巍山不屑的說：「這個無賴不給我找麻煩就不錯了。」

林蘇行笑說：「我的姚市長啊，您這麼說，就還是沒看清何飛軍這傢伙的本質啊。」

姚巍山不以為然地說：「老林，你這麼說是什麼意思啊？他的本質就是一名無賴，這有什麼看不清的？」

林蘇行笑笑說：「人都有多面性，無賴只是他的一面，並不能代表他其他方面也是這樣。就我的感覺，這傢伙就像一把刀一樣。」

「一把刀一樣，」姚巍山愈聽愈糊塗了：「你這又是什麼意思啊？」

林蘇行說：「我的意思是這把刀對著您的時候，您當然會覺得危險；可是如果您是拿刀的人呢，那感到危險的是不是就是別人了？」

「我是拿刀的人，」姚巍山的眼睛亮了，他馬上就想通了其中的關鍵，笑說：「老林，你說的可真對啊，我是拿刀的人的話，感到危險的就是孫守義了。呵呵，孫守義這混蛋以為給我出了難題，哪知道卻是給了我一個機會啊，等我把何飛軍收服了，他就等著頭疼吧。」

這時，姚巍山對收服何飛軍充滿了信心，何飛軍自從鬧出自殺事件後，基本上就成了海川政壇上的一隻孤鳥，也就是靠著一股無賴勁強撐著才沒倒下，一旦他的無賴勁沒有用了，那他也就完蛋了。

姚巍山覺得何飛軍現在心中肯定是惶恐不安的，如果他在這時候提出要跟他結盟，何飛軍一定會求之不得的。

結盟這個主意實在太妙了，他大感嘆服地說：「老林啊，我一定要趕緊把你調來海川，我身邊實在太缺少一個像你這樣子的高參了。」

林蘇行吃完午飯後，就跟姚巍山分手回乾宇市了。

姚巍山既然從林蘇行那裏得到了結盟的好主意，就想趕緊把何飛軍找來商談一下，好達成某種默契，把化工賓館趕緊給解決掉。

正當姚巍山準備打電話給何飛軍的時候，秘書梁明敲門走了進來，說：「姚市長，興海集團的董事長單燕平來拜訪您，您要不要見她啊？」

姚巍山對單燕平的印象並不好，這個女人應該算是孫守義同一線上的人，孫守義為了她還跟他打過招呼，讓海川市政府催修山置業繳清灘塗地塊的土地出讓金。加上她想把集團的總部搬到北京去，等於是拆他的臺，讓他更為不滿。

只是不知道她來找他是為了什麼？就對梁明說：「你把單董請進來吧，我見見她。」

梁明出去把單燕平請了進來，姚巍山看到單燕平，立即迎上前去，然後請單燕平去沙發那裏坐了下來。

姚巍山問道：「單董，找我有什麼吩咐嗎？」

單燕平笑說：「看您這話說的，我哪敢吩咐您大市長啊。」

姚巍山說：「市長就是為民眾服務的，自然是要聽從民眾的吩咐，所以單董您就說吧，需要我做什麼？」

單燕平爽快地說：「既然您都這麼說了，那我就有話直說啦。市長您可能也知道了，修山置業已經將灘塗地塊這個項目轉讓給興海集團，我們集團就是灘塗地塊的開發商了。」

姚巍山衝著單燕平豎了一下大拇指，佩服地說：「這件事我聽說了，單董，能從修山置業手裏拿下這個項目，真是好高明的手段啊。你找我是與這件事有關嗎？」

單燕平說：「是的，現在興海集團承接了這個項目，也承接了它的所有債務，我是來跟您協調一下，看怎麼樣才能恰到好處的將灘塗地塊的土地出讓金給交清了。」

姚巍山愣了一下，他沒有搞懂單燕平所謂的「恰到好處的將土地出讓金繳清」是什麼意思。欠多少土地出讓金，賬面上都很清楚，雙方對此並無異議，單燕平有意繳清的話，把錢匯到海川市財政的賬上就是了，還來協調什麼啊？

姚巍山便說：「單董，您想跟我協調什麼啊？」

單燕平笑了笑說：「是這樣子的，興海集團並不想拖欠這筆出讓金，但是礙於我們企業的發展規模，想要一下子繳清很困難，我就想來找您協調一下，看看彼此可不可以達成協議，好安排興海集團支付土地出讓金的事。」

姚巍山聽了說：「單董，你真是有夠精明的，你這是想讓海川市政府降低土地出讓金的金額啊？跟你說這是不行的，這個項目的土地出讓金欠繳很久了，市民對此很有意見，如果再降低土地出讓金的金額，市政府可不好向民眾交代的。」

單燕平說：「市長您誤會我的意思了，我並不是要降低出讓金的金額，而是想提供兩個繳清的方案讓您選擇。一個是興海集團足額繳納，不過限於興海集團目前的財務狀況，我們無法一次付清，想採用分期付款的方式。」

姚巍山問：「那第二個方案呢？」

單燕平說：「第二個方案就是，興海集團也可以盡力想想辦法，將出讓金一次繳清，不過，前提是土地出讓金能折價百分之七十。」

姚巍山愣了一下，說：「單董，您真是好大的胃口啊，一下子就少了三成的數字啊。」

單燕平笑笑說：「這是沒辦法的事，這筆出讓金數目有點大，一下子付清很有難度。市長應該會體諒我們興海集團的難處吧？」

姚巍山正色說：「單董，我倒是很想體諒興海集團的難處，可是海川市上上下下都盯著我這個市長呢，我不能沒有什麼理由就減少已經經過協議確定的出讓金金額吧？那樣海川的市民們會以為我是不是拿了單董的什麼好處了，所以我無法同意你的要求。」

其實單燕平提出的這兩個付款方案，倒不是過分到讓人無法接受的程度，這筆出讓金修山置業已經拖欠了很長時間，海川市政府因為怕破壞跟中字頭公司的關係，也沒有積極的催欠。單燕平能夠主動上門來談付錢的事，已經算是態度很好的了。

不過姚巍山卻因為單燕平是孫守義一線的人，他剛在孫守義那裏吃癟，正想找點後場回來，找她的麻煩還來不及呢，又怎麼會主動幫她呢？

其實還有一個讓他拒絕單燕平最關鍵的點，姚巍山沒說出來，那就是單燕平如果真的給他什麼好處的話，他也會接受她提出來的方案的，偏偏單燕平空著兩隻手就來了。這個女人想憑空口說白話就把事情給解決了，世界上哪有這樣的好事啊！

另一方面，姚巍山也懷疑單燕平之所以敢這麼就來找他，是因為她把好處都給了孫守義了，有了市委書記的支持，就不把他這個市長放在眼中了，才會這麼有恃無恐的跑來要求他降低土地出讓金的金額。

想到這裏，剛在孫守義那裏碰了個大釘子的姚巍山心中自然是格外的忿忿不平了。

單燕平並不知道姚巍山心裏想的是什麼，姚巍山拒絕的話說得也不很堅決，她還覺得這件事有戲呢，就笑了笑，繼續爭取說：

「姚市長，您這話就不對了，這怎麼是沒什麼理由呢？理由很多啊，比方說這塊土地是灘塗地，開發難度較大；又比方說……」

姚巍山越聽越不耐煩，心說這個女人在想什麼啊？懂不懂事情該怎麼辦啊?!你有再多的理由也沒用的，你也把自己太當回事了吧？如果隨便說幾句話，就想我幫你減少土地出讓金的金額，那好事都成你們家的了。

姚巍山不耐地打斷了單燕平的話，說：「行了，行了，單董，你不用那麼多比方了，這些都是在強詞奪理，這些問題你在接手這個項目的時候就應該想到了，所以有什麼困難也是你們自己的事，不應該成為海川市政府同意減少出讓金的理由。」

單燕平看了看姚巍山，說：「既然市長拒絕了這個方案，那就是市政府同意接受我們興海集團分期付款的辦法了？」

姚巍山心說這個女人倒挺狡猾的，一來就搞了個二選一的把戲，似乎是

否決了一個，就不得不接受另一個了，我才不上你的當呢。

他搖搖頭說：「單董啊，你不要挖坑讓我跳，這個二選一的遊戲從頭到尾都是你在自說自話，我可從來都沒有表示過同意的。」

單燕平看她提的兩個方案都被姚巍山拒絕了，臉上就有些難看了，她看了看姚巍山說：「姚市長，您這樣子做就有些不夠意思了吧？這個項目在修山置業手中的時候，你們市裏連催款都不敢催，怎麼到我接手，這麼積極主動地配合市裏，想要趕緊把出讓金給繳清了，您卻要這麼為難我呢？」

姚巍山不為所動地說：「單董，話可不是這麼說的，我承認修山置業掌控這個項目的時候，市裏是沒有積極地催繳土地出讓金，這是一種錯誤。我不同意你的方案，就是不想再讓這個錯誤延續下去了。再說，你的方案那叫繳清了嗎？你這是想借機賺市裏的便宜，這我是絕對不會接受的，我這個市長有義務維護海川市的資產，所以很抱歉，我無法同意你的方案。」

單燕平臉色越發地不好看了，她今天來，一方面是想了結灘塗地塊跟海川市政府前期的一些糾葛，她已經準備要開始全面啟動這個項目，因此不想還有什麼事情在建設的過程中來扯她的後腿。

興海集團是第一次涉足地產開發項目，又是有一定難度的灘塗地塊，單燕平本就對房地產開發沒什麼經驗，加上這次項目的金額又很龐大，她有些惶恐，所以覺得先要處理土地出讓金的問題，避免將來在開發過程中被市政府找麻煩。

另一方面，單燕平自認為接手灘塗地塊是在幫海川市政府解套，既然幫了市政府這麼大的忙，當然希望能從政府身上得到些回報。因此她提出這兩個方案，倒不是想要占海川市的便宜，而是她認為海川市政府就應該這麼回報她的。

但是看姚巍山的樣子，卻絲毫沒有要回報她的意思，心裏難免就有些惱火，就不平地說道：「姚市長，興海集團怎麼說也是海川本地的企業，政府應該多扶持才對，這待遇怎麼還不如修山置業那樣的外來企業呢？」

單燕平不提本地企業，姚巍山心裏的氣還小些，一提姚巍山的火氣就更大了，他冷笑一聲說：「還本地企業呢，單董，我怎麼記得你們興海集團準備要把總部搬到北京去啊？」

單燕平反駁說：「姚市長，您這麼說就不應該了，興海集團這不還沒搬走嗎？再說了，興海集團就算是總部搬到北京去，很大一部分業務也還留是在海川的，對海川市的經濟建設還是會做出很大的貢獻，您怎麼能就這麼認為興海集團不是本地企業了呢？您現在的態度很有問題啊，像要攆我們離開海川一樣。」

姚巍山態度強硬地回說：「單董，你別扣我大帽子，我可沒有要攆你們興海集團走的意思。不過，不論興海集團是不是海川本地的企業，都不會改變它應該如期全額繳納土地出讓金的事，這一點還希望單董能夠搞清楚。」

單燕平看了看姚巍山，說：「姚市長，您的意思是這件事情沒有商量的餘地了？」

姚巍山很堅決地搖搖頭說：「沒有商量的餘地。單董，我希望你們儘快將出讓金給繳清，別等市政府採取措施催繳，到那個時候，大家臉上可就都不好看了。」

看姚巍山絲毫沒有讓步的意思，單燕平氣惱地說：「您真行啊！姚市長，看來今天我是來錯了。打攪了。」

單燕平氣哼哼地離開了姚巍山的辦公室，開車準備回公司。

剛把車子開出市政府，心中一想，不行啊，如果姚巍山真的對興海集團下催繳通知，那興海集團的處境就尷尬了，繳清吧，集團的資金鏈馬上就緊繳起來，很可能會危及到集團的正常運行；可是如果不繳清，又會馬上走到跟市政府的對立面上去。

單燕平在商界打滾多年，深知作為一個商人，是千萬不能得罪政府的，政府的威權要對付一個小小的商人，就像輾死一隻螞蟻那麼容易。單燕平沒有這個膽量跟市政府對抗，卻也不甘心就這麼就範，她想到了孫守義。

她感覺孫守義是比較明智的官員，應該不會像姚巍山這麼難說話，是不是該找找孫守義呢？於是，單燕平一打方向盤，把車子開進了市委大院，她決定先去找找孫守義再說。

孫守義看手機顯示的是單燕平的號碼，不禁笑了，心說：這世界上是不是真的有心電感應的事啊，怎麼他剛在想單燕平，單燕平就打電話來了。

孫守義在想單燕平，並不是為了別的什麼事，就是為了姚巍山的市長選舉，單燕平是孫守義在束濤之外，第二個可以幫他擾亂姚巍山市長選舉的人。

首先，單燕平也是海川市人大代表，在海川市人大有一定的影響力，前段時間她在人大搞的那個催繳提案就足以證明其影響力。這樣一個人物自然也有影響姚巍山市長選票的能力。

其次，單燕平已經準備將興海集團的總部遷往北京，海川的業務將不再是興海集團的核心業務，對海川市的依賴將會大大的降低，也就不怕會得罪姚巍山這個市長了。

最後一點，在灘塗地塊項目上，孫守義是幫了單燕平的忙的，也就是說單燕平欠他一個人情，有這個情分在，單燕平也就不太好拒絕他提出的請求。所以孫守義正計畫著要怎麼把單燕平約來談一下對付姚巍山呢，沒想到他還沒籌畫好，單燕平卻先來電話了。

孫守義接了電話，說：「單董，找我有什麼指示啊？」

孫守義爽朗的聲音讓單燕平剛剛因為姚巍山而鬱悶的心情一下子就變好了，她笑了笑說：「孫書記，我哪敢指示您啊，是這樣的，關於灘塗地塊我有些事需要跟您做個報告，不知道您現在有空嗎？」

孫守義說：「我下午三點半要出席一個活動，現在是三點，還有半個小時的時間，我在辦公室，你在哪裡啊？趕得及過來嗎？」

單燕平說：「我現在市委大廳呢，你等著，我馬上就去你的辦公室。」

第五章

當局者迷

單燕平問：「我手中擁有的權力？什麼權力啊？」
孫守義提示說：「你真是當局者迷啊，
你這個權力很神聖，雖然平常沒什麼大用，
但關鍵的時刻，對某個人卻是有致命的殺傷力。
你明白我的意思嗎？」

幾分鐘之後，單燕平就出現在孫守義的面前，孫守義說：「恭喜你了單董，如願以償的拿下了灘塗地塊。」

單燕平笑了笑說：「謝謝孫書記。不過也沒什麼太值得恭喜的地方，拿下這個地塊僅僅是開始，後續還有一大堆的麻煩等著我處理呢，我現在已經開始頭疼了。」

孫守義恭維說：「單董不要謙虛了，你頭疼什麼啊，我相信憑你的能力，遇到的麻煩都能解決掉的。」

單燕平嘆說：「我可沒您想的那麼厲害，剛才我才在姚市長那裏正碰得頭破血流呢。」

孫守義看了單燕平一眼，原來這女人剛才去見姚巍山了，不知道她找姚巍山是為了什麼事？

孫守義大感好奇地說：「你在姚市長那裏碰了個頭破血流，究竟是怎麼回事啊？」

單燕平大吐苦水說：「孫書記，這不是我們興海集團接收了灘塗地塊項目嗎，我就想去找姚市長，看市政府能不能給這個項目一點優惠。沒想到姚市長一點情面都不講，張口就回絕了。」

原來是這麼一回事啊，按說姚巍山現在正是需要廣結善緣的時候，單燕平求上門去，他是不應該回絕的。不過也幸好姚巍山回絕了單燕平，讓他更好下手了。如果姚巍山答應了單燕平的要求，他再想要讓她對付姚巍山，就不可能了。

孫守義便笑笑說：「單董，你是提了什麼過分的要求，讓姚市長回絕你了？」

單燕平不滿地說：「孫書記，我的要求並不過分，我去找姚市長是為了土地出讓金的事，我希望能跟他協商個方案出來，趕緊把出讓金這個問題給解決了。」

孫守義聽了說：「你這個態度很不錯啊，如果大家都能像你這麼積極的話，海川市的很多事情早就能得到解決了。你提出來的方案是什麼啊，姚市長為什麼會拒絕呢？」

單燕平說：「我提出了兩個方案，一是分期付款，二是打個七折，興海集團就一次付清。我希望姚市長能夠接受其中一個方案，孫書記，您覺得我這兩個方案過分嗎？」

「減少百分之三十啊，」孫守義盤算了一下說：「這個可是有點多啊，換了是我，也不會接受這個方案的。」

單燕平趕忙說：「這只是我提出來的一個建議，我也沒說是一口價不能商量的啊。我是希望提出一個方案作為協商的基礎，並不是最終的定案。」

孫守義點了一下頭，說：「我明白你的意思。」

單燕平訴苦說：「可是姚市長卻不明白我的意思，或者說，他沒想要明白我的意思，根本連想跟我談的態度都沒有，開口就直接拒絕了。孫書記，你說他這不是有點太欺負人了嗎？」

孫守義笑了笑說：「你為什麼說他欺負人啊？」

單燕平忿忿地說：「他當然是欺負人啦，當初這個項目在修山置業手中的時候，市裏面可是連催繳都不敢的，現在一到我手裏，他卻態度來了個一百八十度大轉變，又是要糾正前面的錯誤了，又是不能改變已經簽訂的協議了之類，反正是怎麼難為我他就怎麼來。他這明顯是欺軟怕硬，他不敢難為中儲運那些大企業，只敢拿我這個平頭百姓出氣。」

孫守義趕忙緩頰說：「姚市長應該不會這麼不堪的，不過這件事是有些怪異。」

孫守義這麼說，是因為對姚巍山的拒絕，他感到很納悶，他覺得單燕平的態度很積極，提出的方案也不是無法接受的，特別是那個分期付款，只是將付款的時間往後延了一下，這在商業上是常有的事，姚巍山不應該會拒絕。但是姚巍山卻一口回絕，而且連個商量的餘地都沒有，姚巍山這麼做的理由是什麼？

孫守義猜測既然單燕平提出的方案問題不大，那姚巍山拒絕的可能就不是方案，而是單燕平這個人了。

孫守義就說：「單董，你這兩個方案就我個人來看，沒有什麼問題，按說姚市長應該不會拒絕的，是不是你什麼地方得罪了他啊？」

單燕平搖搖頭說：「沒有啊，我跟他除了在一些場合上見過面之外，這還是我第一次去辦公室找他，我怎麼會得罪他呢？」

孫守義不解地說：「那我就不明白究竟是怎麼一回事了。」

單燕平想了想，說：「對了，我聽他的口氣，他對興海集團總部搬離海川很有意見，難道他是因為這個想要報復我？如果是這樣的話，這傢伙的度量也太小了一點吧？」

孫守義隱約地猜到這件事很可能與他這個市委書記有關。極有可能是姚巍山把在他這裏受的氣都撒到了單燕平身上。因為他曾經幫單燕平跟姚巍山打過招呼，姚巍山因此認定單燕平是他的人。

孫守義就說：「單董，不是這個緣故，而是你找他的時機不對。」

「時機不對？」

單燕平困惑的說：「怎麼個時機不對了？」

孫守義笑笑說：「我上午跟姚市長發生了點爭執，鬧得很不愉快，姚市長心中肯定是有些底火的。」

單燕平不解地說：「他有底火也是因為您，憑什麼把氣撒在我的身上啊？」

孫守義說：「他當然不會平白無故的就把氣撒到你身上，這裏面也是有些關聯的。你還記得當初要我幫你讓海川市政府向修山置業催繳出讓金這件事嗎？」

單燕平點點頭說：「當然記得了，您不會是想告訴我問題出在這上面吧？」

孫守義點了點頭，說：「問題就是出在這上面，為了這件事，我幫你跟姚市長打過招呼。」

單燕平大致明白了孫守義的意思，便說：「孫書記，您是說姚市長是因為認為我跟你是同一陣營的，所以才這麼對我的嗎？」

孫守義說：「我不敢肯定一定是這個原因，但是與這個不會一點關係都沒有的。」

單燕平哼了聲說：「如果真是這樣，那他也太可惡了。」

孫守義聽單燕平這麼氣憤，心中暗自好笑，事態這麼發展對他很有利，看這個樣子，不用他去拉攏單燕平，姚巍山就已經把單燕平推向他這邊了。

孫守義說：「單董啊，你也別生氣，官場上這種事情常有的。不好意思啊，害你無辜受了牽連。」

單燕平焦急地說：「孫書記啊，牽不牽連的您先別管了，現在的關鍵是姚市長逼著我要繳出讓金，我為這個項目已經付了一筆錢給修山置業了，手裏沒有多少周轉金，如果再被逼著一下子拿出一大筆錢去，公司的周轉可能會出問題的。」

單燕平看著孫守義，央求說：「您幫我一下忙好不好，就跟姚市長說說，錢我們一定會付清的，但是需要他給我們點時間。」

孫守義卻搖搖頭，意有所指地說：「單董，這個忙不需要我來幫，你自己就能解決的。」

單燕平愣了一下，困惑地說：「孫書記，您說我自己就能解決，怎麼解決啊？我跟姚市長可沒什麼交情。」

孫守義笑說：「單董，有些事情是不需要有什麼交情的，你忘了你手中擁有的一項權力了。」

「我手中擁有的權力？什麼權力啊？」單燕平一頭霧水地問道。

孫守義提示說：「你真是當局者迷啊，你擁有的這個權力很神聖，雖然平常沒什麼大用，但關鍵的時刻，對某個人卻是有致命的殺傷力。你明白我的意思嗎？」

「關鍵的時刻，對某個人，」單燕平想了一會兒，突然眼睛一亮，說：「孫書記，您是說選舉權吧？您想讓我在姚巍山的市長選舉上做文章？」

孫守義不想留下口實，否認說：「我這麼說了嗎？沒有啊。」

單燕平馬上意識到這是犯忌諱的，孫守義是市長選舉的主要責任人，自然不會承認是他指示單燕平攪亂市長選舉的。

單燕平馬上很有默契地說：「孫書記，是我錯了，您確實沒說什麼。」

孫守義笑笑說：「單董，你今後說話可要注意點，現在這個社會啊，人心都是很複雜的，你剛才這話在我面前說說還可以，我知道你心中其實沒有這個想法，但要是傳到姚市長的耳朵裏，他會以為你因為對他不滿，想在背後做他文章呢。」

孫守義說到這裏，看了一眼單燕平，神情嚴肅地說道：「單董，市長選舉是件神聖的事，偏偏有些人喜歡拿這件事作為交易的籌碼，故意宣傳候選人似是而非的醜事，從而逼著候選人跟他們做交易。這種行為是很錯誤的。單董，你應該不會做這樣的傻事吧？」

單燕平心裏暗自好笑，表面上看，孫守義說得道貌岸然，似乎是不想讓她犯錯，但實際上卻是在教她要怎麼做才能解決姚巍山的問題。孫守義這是希望她找出一些姚巍山的醜事，在人大代表間大肆宣傳，藉以讓人大代表們對姚巍山產生質疑，然後逼著姚巍山找她來做交易。

單燕平很清楚這麼做風險性很高，稍有不慎，就會被冠上破壞選舉的罪名，嚴重的甚至要為此承擔牢獄之災。不過，單燕平並也沒有因此退卻。她是個商人，很明白風險越高的事，利益也就越大這個道理，她有心想要搏一搏。姚巍山如果真的被逼著向她妥協，她就能解決掉灘塗地塊土地出讓金對她的困擾了。

同時，單燕平對姚巍山今天對她的態度很不滿，女人的報復心理是很強的，她就想整一下姚巍山，為自己出口惡氣。

單燕平笑說：「孫書記您指示的是，我知道選舉是一件神聖崇高的事，我絕對不會做出您說的這種錯誤的行為的。」

孫守義暗示說：「不但你不能做，最好也說服身邊的人不這麼做。單董，這次的選舉形勢有些複雜，我聽說人大那邊有不少對姚市長不利的議論，有些議論還把姚市長說得很不堪，作為這次市長選舉的主要負責人之一，我對這次選舉能不能順利進行很是擔心啊。」

單燕平巴結地說：「您是領導，責任重大嘛。」

孫守義說：「不僅僅是我有責任吧？單董也是人大代表，維護選舉順利你也有一定的責任，誒，說到這裏，單董啊，你這個人大代表可是比我更貼近代表們，不知道你有沒有聽到代表們都在議論些什麼啊？」

單燕平知道孫守義這麼問，並不是真的擔心姚巍山的選舉，而是有別的意圖，就笑笑說：「代表們對姚市長的議論總是少不了的，各方面都有，不知道您聽到的都是哪方面的啊？」

孫守義說：「我聽說有代表在討論姚市長拍這次形象宣傳片的事，說什麼宣傳片雖然拍得很好，但是根本就不用一千多萬。」

「原來那部宣傳片花了一千多萬啊？」單燕平驚訝的道。

孫守義反問道：「你不知道這部片子花了一千多萬嗎？」

單燕平咋舌說：「政府又沒公佈，我怎麼會知道啊？費用怎麼會這麼多啊？這錢都花到哪裡去了？我看了那部片子，裏面就拍了一下海川市的風景和知名企業，那個女主角擺了幾個漂亮的姿勢而已，就需要一千多萬？」

這部宣傳片剛剛在電視媒體上播了出來，由海川市、東海省、央視三家電視臺同步播出，單燕平因為未來打算踏足影視業，又對許彤彤很欣賞，一直在密切關注著，因而很熟悉宣傳片的事。

孫守義說：「單董，你不能這麼想問題的，不還有尹章嗎？人家可是知名度很高的大導演，他的導演費很高的。」

單燕平質疑說：「那也不需要一千多萬啊，這部宣傳片，一般導演拍的話，製作費頂多幾十萬，尹章的價碼翻個倍吧，也不過百萬上下；那個許彤彤確實是不錯，但她是個新人，她的費用絕對不會高的，這麼算下來，兩百萬都不用的。」

孫守義聽了，故意說：「我知道，你是想說錢都被姚市長裝進自己腰包裏去了，單董，這沒證據的事可不能瞎說的。」

單燕平氣憤地說：「這還需要證據啊？查一下尹章和許彤彤的行情就知道了，製作這部片子根本就花不上一千萬的，這裏面的水分實在太大了，明眼人一看就知道是怎麼回事。姚巍山的膽子也太大了點吧？」

孫守義說反話道：「什麼查一下啊，單董，我可要提醒你，這種事你可千萬別瞎攪和啊。」

單燕平心說：姚巍山這麼對我，我不攪合才怪呢！再說，你跟我費這麼多口舌，不就是想要我攪和進去的嗎？

單燕平笑了笑說：「孫書記，你放心好了，我知道什麼事情能做，什麼事情不能做的。」

孫守義暗示說：「你知道就好，現在這個社會，很少有人知道什麼事該做，什麼事不該做。特別是每到選舉的時候，總是有人會出來散佈候選人的負面消息。這次最離譜的是，有人居然說姚市長身邊一個叫做李衛高的人，是個神棍、江湖騙子，偏偏姚市長還對他奉若神明，很多事都遵照李衛高的指示去辦。」

「這個叫做李衛高的，我聽說過。」單燕平立即說。

孫守義愣了一下，說：「還真有這個人啊？」

單燕平點點頭說：「是的。您知道，我們做生意的人對命理、風水都很相信，經常會四處找些奇人異士進行卜算開運什麼的，好讓自己擁有的財富不斷增長。有人就跟我推薦過這個李衛高，說他是個很厲害的大師，結交的人脈很廣，卜算又十分精準，讓我也去找他算一下。我就有意讓他幫我算算，看興海集團總部搬到北京會怎麼樣，不過這個李先生很忙，我約了幾次都沒約著，所以還沒跟他見上面呢。」

孫守義說：「姚市長跟這種人親近可是不太好，我們幹部不應該去相信這些邪魔歪道的事。李衛高的事你知道就好，可千萬別再對外宣傳了，現在有些人就是很愛傳播這些消息，意圖影響選舉的結果，用心很壞。」

單燕平暗自好笑，孫守義前後談的這兩件事都對姚巍山很不利，不用說，孫守義正是在給她提供攻擊姚巍山的子彈呢。這兩件事又都是真實存在的，海川市人大的代表們如果知道的話，一定會對姚巍山產生嚴重質疑的。

單燕平便說：「孫書記，我知道事情的輕重，不會往外講這些的。」

孫守義意味深長地說：「那就好，單董啊，選舉如果出了什麼問題，可是重大事件，作為這次選舉的責任人之一，我肩上的單子很重，不敢稍有閃失，還希望你這個人大代表多多支持我和姚市長啊。」

孫守義說這話是在提醒單燕平，要操作姚巍山選舉的事可千萬不能讓人抓住把柄，否則就要承擔很重的責任，所以要單燕平儘量謹慎。

單燕平大口承諾說：「一定會的，尤其是對姚市長的工作，我一定會特別支持的。」

孫守義笑了起來，單燕平這麼說表示她已經完全明白他的意思，他這步擾亂姚巍山市長選舉的棋，到此算是佈局完成了。

要達成一個目標的辦法很多，有正做，有反做；有明做，有暗做。孫守義對束濤的部署就是暗做、反做，事情是在臺面下進行，這主要是因為海川市人都知道束濤是屬於他這個陣營的人，束濤如果把事情做到臺面上，別人就會知道是他在擾亂姚巍山的選舉。

跟束濤相反的是，孫守義對單燕平的部署則是明做、正做。這是因為單燕平跟他的關係並不密切，一般情況下，不會有人把單燕平做的事算到他的頭上。加上單燕平因為灘塗地塊的事，人們會認為單燕平是因為對姚巍山產生了不滿情緒，才會採取針對姚巍山的行動。

另一方面，孫守義也需要有人出來發出質疑姚巍山的聲音，特別是依據姚巍山不法的事實提出質疑，這樣子就會打擊姚巍山的聲譽，姚巍山的勉強當選就能得到合理的解釋了。那時候孫守義就可以跟省委說，他已經盡了全力維護選舉的順利，只是因為姚巍山自身行為不檢，引起代表們的反感，這才導致選舉結果不理想的。

幾乎與此同時、在另一邊，姚巍山的市長辦公室裏。

單燕平離開後，姚巍山就打電話把何飛軍叫了過來。

何飛軍進門時，神情是很警惕的，他不知道姚巍山突然召見他是為了什麼。他現在已經跟姚巍山、孫守義公開鬧翻，心想姚巍山找他來絕不會有什麼好事。

沒想到姚巍山看到他，臉上馬上就露出笑容，居然還主動迎了過來，跟他握手說：「老何來了，坐坐。」又把他讓到沙發上落座，自己則是陪坐在他身旁。

姚巍山這個熱情勁把何飛軍真是鬧得一頭霧水，姚巍山這是怎麼了？就算是他們沒鬧翻之前，姚巍山都不曾對他這麼客氣過。

何飛軍納悶的看了看姚巍山，說：「姚市長，您找我來，究竟是有什麼事啊？」

姚巍山親切地說：「老何，我今天找你來，是想好好跟你聊聊的。一直以來，我們接觸的很少，相互之間缺乏瞭解，也鬧了不少的誤會，所以我就想跟你好好談談，看看能不能把我們之間的誤會給化解掉。」

姚巍山特意地示好，反而越發讓何飛軍警惕起來，他怎麼看怎麼都覺得姚巍山身上充滿了陰謀的味道，就毫不客氣地說：「姚市長，你就別給我玩花招了，你究竟想幹嘛？」

姚巍山絲毫不介意地說：「老何啊，看你這個樣子，我就知道我們的誤會真是很深了，這樣吧，我先向你道歉，我承認在我一開始來海川的時候，沒有全面的瞭解情況，就誤信了某些人，被他利用調整了你的分工，這是我的失誤，我在此鄭重地跟你道歉。」

姚巍山的道歉越發讓何飛軍搞不清楚狀況了，不過姚巍山總是道了歉，讓何飛軍的心情舒服了很多，態度也相對的緩和了些，說：「姚市長，事情都已經過去這麼久了，道歉就不必了吧？」

姚巍山態度誠懇的說：「一定要的，以前我不明白其中的緣故，現在才知道是我太傻，太老實，被人利用了還不知道，結果被人家當槍使，給你造成了那麼大的傷害，真是對不起你啊。」

姚巍山一直在何飛軍面前強調他是被某人利用的，這個某人他雖然沒說出名字來，但是明顯指向市委書記孫守義，這是姚巍山故意要往孫守義身上栽贓。

果然，何飛軍憤憤不平地說：「姚市長，您不要說這些道歉的話了，我知道責任不在你，主要是孫守義那混蛋太狡猾，這傢伙早就對我有意見了，把我送去黨校學習就是他玩的把戲，他根本是想借此把我從分管工業經濟的位置上調開。」

何飛軍的話讓姚巍山大吃一驚，他一直奇怪為什麼何飛軍學習回來後卻沒受到提拔重用，現在他才知道這個根源是在孫守義身上啊。

姚巍山想到他提出要調整何飛軍市長分工的時候，他記得孫守義當時明明提出反對，是在他的堅持下，孫守義才同意調整何飛軍的分工的。姚巍山一直很得意，還以為這是他對孫守義取得的一次勝利。現在才明白，孫守義的反對根本就是假的，心中估計對他這個提議不知道有多開心呢，既達到了整何飛軍的目的，又讓他承擔了調整何飛軍分工的責任，一舉兩得。

想到這裏，姚巍山後背一陣發冷，這才明白他自以為能力比孫守義強有多愚蠢。原來孫守義根本就是在扮豬吃老虎，他這個傻瓜一直在被人牽著鼻子走卻還高興得要死，真是有點不知死活。

姚巍山臉上一陣陣的發熱，不禁在心中大罵孫守義，把孫守義的祖宗十八代都問候了個遍。

姚巍山嘆了口氣說：「是啊，老何，我們這位孫書記真的是太狡猾了，我們都被他耍得團團轉。這一次他又要故技重施了。」

何飛軍愣了一下，說：「故技重施，什麼意思啊，難道孫守義又想利用您來對付我了？」

姚巍山點點頭，說：「是的，我找你來，就是想跟你商量一下如何解決這件事，你知道嗎，孫守義讓我調查化工賓館為什麼會流拍，這個目標不用說，也知道是瞄準了你的。」

「嘿，這混蛋欺負起我來沒完了！」何飛軍嚷道：「不行，我要找他去，我要跟這個混蛋拼了！」

何飛軍說完就站起來要往外走，卻被姚巍山一把給拉住了。

姚巍山瞪了何飛軍一眼，說：「老何，你冷靜一下，你這麼去找他有用嗎？你去找他，他就會來逼我處理你的事，最終還是你和我鷸蚌相爭，讓孫守義這個漁翁得利不是？」

何飛軍怔了一下，看著姚巍山說：「那怎麼辦啊？」

「怎麼辦？我這不是正要跟你商量嗎？」姚巍山指了指沙發，說：「你先坐下來，我們商量看看要怎麼去對付孫守義這個混蛋。」

姚巍山成功的在他和何飛軍之間營造出同仇敵愾的氣氛，讓何飛軍對他的敵意少了很多。

他坐回沙發上，說：「姚市長，您打算要怎麼解決這個問題啊？」

姚巍山說：「老何，我心中倒是有一個主意，不過，需要你做出點犧牲。」

「讓我做犧牲，做什麼犧牲啊？」何飛軍問。

姚巍山說：「孫守義既然部署我來調查化工賓館流拍這件事，恐怕你再想幫你的朋友低價拿下化工賓館的可能性就很低了，你看能不能勸說你的朋友放棄這個化工賓館啊？」

何飛軍猶豫了起來，讓他放棄化工賓館的競拍，等於是放棄一筆不少數目的金錢，就有些不捨的說：「非要放棄不可嗎？」

姚巍山肯定地說：「非放棄不可，除非你能讓你朋友按照正常價格買下化工賓館。」

何飛軍駁斥說：「正常的價格誰買啊？那樣根本就無利可圖的。」

姚巍山分析說：「孫守義現在盯上了這件事，你還想有利可圖啊？我跟你說，孫守義現在就等著你犯錯呢，你犯了錯，他就可以名正言順地把你從海川市給清理出去了。」

何飛軍不是傻瓜，知道孫守義是卯足了勁要對付他，只好忍痛說：「姚市長，您既然這樣說了，我倒是可以勸說一下我的朋友放棄，不過……」

何飛軍說到這兒停了下來，看著姚巍山，意思是他可以讓吳老闆放棄化工賓館，但前提是姚巍山要付給他足夠的代價才行。

姚巍山知道何飛軍是想要跟他討好處，心中很厭惡何飛軍這副貪婪的嘴臉，但是他找何飛軍來是為了結盟，就強壓下反感，笑笑說：「老何，你放心好了，我不會讓你白讓步的，你的朋友如果再看上海川別的什麼項目，我會跟你一起幫他爭取的。」

何飛軍聽了，滿意地說：「那我就先謝謝市長了。」

姚巍山說：「我們之間就不要這麼客氣了。老何，以後再有什麼事，我們最好事先溝通一下，這次化工賓館的事就是因為我們事先缺乏溝通，才導致現在這種兩敗皆傷的局面。」

何飛軍心想：你還不是因為嘗到了孫守義的苦頭，才願意跟我溝通的！

不過何飛軍倒也樂見姚巍山這種姿態，能跟姚巍山結盟，他眼下這種政壇孤鳥的窘境馬上就能得到解除，這對他來說是求之不得的，畢竟做孤鳥的滋味並不好受。

何飛軍便笑笑說：「市長您說得對，多溝通就不會有這種麻煩了，今後我會多向您請示的。」

姚巍山很滿意何飛軍這個態度，這傢伙還算知道分寸，並沒有因為他們結盟就忘記自己的下屬身分。就說：「這就對了，團結就是力量，只要我們團結起來，孫守義就不能拿我們怎麼樣的。」

何飛軍趕緊附和說：「對對，您說得真對。」

姚巍山又說：「回頭我就要在市長辦公會上提出要調查化工賓館流拍的事，老何，希望到時候你可要支持我啊。」

何飛軍拍拍胸脯說：「這沒問題，誒，您準備怎麼處理這件事啊？」

姚巍山說：「既然孫守義盯上了，就必須要處理幾個人才能交差，簡京是這次拍賣的負責人，對流拍有不可推卸的責任，少不得要背個處分了。」

姚巍山從孫守義的話裏隱約猜到孫守義已經知道他也插手化工賓館的拍

賣，他懷疑是簡京向孫守義打小報告的，他動不了何飛軍，自然就準備拿簡京開刀了。

何飛軍對簡京也沒什麼好印象，覺得這次他幫吳老闆買化工賓館的事之所以鬧得路人皆知，也與簡京處理事情不當有關，就附和說：「是啊，簡京這傢伙最可惡了，讓他出來承擔責任是應該的。」

兩人這麼一討論，就把簡京定為責任的最終承擔者了，而他們這兩個事件的始作俑者卻逍遙法外，無需承擔任何責任。

這也可能是簡京這種人必然的命運吧，官場上，很少有人能夠做到左右逢源，簡京偏偏就想做到左右逢源。導致的後果，是沒有人會去相信這樣一個想到處討好的人，一旦出問題，領導們就會認為這是簡京想什麼人都不得罪才導致的，最終反會把責任追究到他身上。

北京，海川大廈，傅華辦公室。

傅華手裏正在把玩著一把鑰匙，這把鑰匙就是那天有人快遞給他，連同一張叫做慶建國的人的身分證一起寄來的那一把。

當時他因為剛跟鄭莉簽了離婚協議，整個人失魂落魄的，也就沒心思去想這兩樣東西寄來是什麼意思，隨手就扔在抽屜裏沒去理會。現在他的情緒已經平靜很多，就又想起了這件蹊蹺的事。

那份快遞指定要本人簽收才可以，顯然不可能是錯寄的。而寄給他的人既然指定非要他本人簽收，說明這把鑰匙和身分證一定十分重要，容不得有任何閃失。

傅華研究過慶建國的身分證，然而想破了腦袋，他也想不出來什麼時候認識過這個叫做慶建國的人。

他按信封上留下的手機號碼打過去，卻發現那個號碼根本是假的號碼，是對方瞎編出來的。查到現在，傅華算是走進了死胡同。

只有一點傅華很清楚，對方寄給他這兩樣東西，一定有什麼用意，只是他還沒找到是什麼罷了。

傅華陷入了思索，是不是我忽略了什麼？他再次看了一下手中的鑰匙，這個鑰匙的樣式並不常見，不是家庭或者辦公室常用的那些鑰匙，如果他能知道這把鑰匙究竟是開什麼鎖的，也許就能知道對方究竟是為什麼要寄這把鑰匙給他了。

這時有人在敲辦公室的門，把傅華從思索中驚醒，他將鑰匙扔進抽屜裏，然後喊了聲進來。

門被推開了，許彤彤走了進來，傅華立即眼前一亮。

許彤彤穿著一身亮粉色的套裙，恰到好處的將凹凸有致的身材展現在傅華的面前。

這樣的美女看在眼中，傅華頓時心情也敞亮起來，他迎了過去，說：「原來是我們的大明星來了，快請坐。」

許彤彤被傅華說得臉紅了一下，說：「傅哥，你就別笑話我了，我算什麼大明星啊。」

傅華說：「當然算是大明星了，現在央視天天都在播放你拍的那部宣傳片，有幾個女明星能夠天天在央視露臉啊？你已經是家喻戶曉的明星了。我也注意過一些報紙的娛樂版，上面對你的評價很高，都說你清新可人，為娛樂圈注入了一股新鮮的空氣，還說一顆新星正在冉冉升起呢。」

許彤彤高興地說：「傅哥，我沒想到原來你也在留意我的新聞啊。」

傅華點點頭說：「那是當然了，你這顆新星可是從我們海川升起的，你的成功海川也有份，我自然會多注意一些了。」

許彤彤看了看傅華，有點失望的說：「你關注我就僅僅是因為這個？」

傅華反問道：「對啊，要不然還能因為什麼啊？」

許彤彤意有所指地說：「很多啊，比方說你心中很關心我啦？」

傅華說：「我當然關心你了，你是我的朋友嘛。」

許彤彤不滿的說：「你知道我想要的關心不是這個。傅哥，我能得到這個機會都是因為你，可以說沒有你就沒有今天的我，我不知道該怎麼表達我的感激之情，我願意為你做任何事的。」

傅華知道許彤彤這個「願意為他做任何事」是意味著什麼，但他沒有領受這份情意的意思，就笑了笑說：「彤彤，我可沒你說的那麼重要，你能獲得這個機會是因為你自身努力的結果，也是因為尹導演看到了你身上的亮點，發掘了你的緣故，我只是適逢其會而已。」

許彤彤搖搖頭說：「傅哥，你別這麼說，沒有你，尹章根本就不會用我的。你這人就是這樣，為什麼總是拒人千里之外啊，難道我就這麼不受你待見嗎？」

傅華打著哈哈說：「彤彤，我沒有啊，我一直都把你當做朋友的。」

許彤彤抱怨說：「你別不承認了，從我們認識開始，你就刻意的跟我保持距離，我都厚著臉皮故意製造機會要跟你在一起了，你卻還是把我給推開。為什麼啊，我自認為我不比葵姐差多少，身材樣貌都比她好，又比她年輕，為什麼你能接受她，卻無法接受我呢？」

傅華不想讓許彤彤知道他跟馮葵的情人關係，趕忙否認說：「你可別瞎說啊，我跟你葵姐不是你想的那樣，我們就是好朋友而已。」

許彤彤笑了起來，反駁說：「傅哥，你騙誰啊？葵姐如果跟你不親密，那天那麼晚了你會把我送到她那裏去？而且你當我看不出來啊，你們倆在一起的時候，舉手投足間不自覺就有一些親暱的小動作，只是好朋友能像那樣子嗎？」

許彤彤的咄咄逼人，讓傅華有些招架不住，他趕忙轉移話題說：「女孩子不懂就不要瞎說，誒，你跑來找我有什麼事嗎？」

許彤彤沒有回答傅華的問話，反而說：「傅哥，你換話題是不是就代表你承認你跟葵姐不僅僅是好朋友那麼簡單了？」

傅華有些無奈的說：「彤彤，你一個女孩子家糾纏這些幹什麼？這裏面的事不是你應該參與的。」

許彤彤說：「我不是要糾纏你們的事，而是我不服氣，我到底比葵姐差在哪裡了？」

傅華告饒說：「好了，我怕了你了。你到底還要不要告訴我你來的目的是什麼啊？」

許彤彤說：「當然要啦，我來是請你去參加我們公司的慶功會的，公司認為這次的宣傳片不但打響了我的知名度，也提高了公司的聲譽，算是大獲成功，所以準備在帝豪俱樂部舉辦小型的慶功酒會，我想邀請你作為我的客人出席。」

傅華並不是很喜歡去俱樂部那種場合，特別是那裏還有一個看他不順眼的羅茜男在，就猶豫了一下，說：「我一定要去嗎？這種慶功宴是你們公司的事，我去參加不好吧？」

「這有什麼不好的？」許彤彤說：「公司的那些人像黃董啊、尹導演啊，你都認識的，你去不會有什麼問題的。再說了，這個宣傳片也是為你們海川市製作的，你去參加慶功會也合情合理。」

傅華看了看許彤彤，說：「你是不是就邀請了我一個啊？」

許彤彤笑說：「我知道你想說什麼，你想問我請沒請葵姐是吧？告訴你我請了，這下子你可以去了吧？」

「看你這話說的，我肯定會去給你捧場的。」傅華答應說。

許彤彤癟了癟嘴說：「我真不知道你是去給我捧場的，還是因為葵姐也被邀請了？還跟我裝呢，不承認你們的情人關係。」

傅華趕忙說：「好了，彤彤，我都已經答應你去了，你就別咬著馮葵和我的事不放了，再這麼說，我就不去參加你們的慶功會了。」

許彤彤見傅華始終不鬆口，只好說：「好吧，這次暫時放過你，不說就是了，我要回去了，你記得要準時到啊。」

許彤彤就離開了。傅華拿起電話打給馮葵。

第六章

成功登頂

傅華說：「也沒什麼期待，就是有些好奇而已，
這可是時下的熱門話題，我想最近很多官員茶餘飯後，
談論的都是這次究竟是誰能夠成功登頂。
誒，說起楊志欣來，有件事我倒是要跟你商量一下。」

馮葵接了電話，語帶諷刺地說：「傅華，今天是不是太陽從西邊出來了，不然你怎麼肯打電話給我啦？」

這段時間因為離婚的事，傅華心情煩躁，基本上中斷了跟馮葵的聯繫，一次電話也沒打給馮葵過，馮葵對他有所不滿也是正常的。

傅華抱歉地說：「小葵，你別這樣，我不是跟你說過了嗎，最近這段時間我有些事情要處理。」

馮葵嚷道：「你處理事情就處理事情吧，為什麼連個電話都不打給我啊？什麼事情讓你忙到可以把我都置之腦後啊？想起我來了就來哄我兩句，想不起來就索性連理都不理，你拿我當什麼啊，你養的寵物嗎？」

「小葵，你別鬧了，」傅華試圖安撫馮葵說：「你知道你對我來說是很重要的。」

「很重要？」馮葵冷笑一聲，說：「很重要你都能把我放到一邊這麼多天理都不理，不重要你又會怎麼樣呢？是不是索性就把我踢到一邊去了？」

傅華苦笑了一下，說：「小葵，我是真的有事要處理，我現在可以告訴你了，鄭莉跟我離婚了。」

馮葵愣住了，不相信的說：「你離婚了，你開玩笑吧，就你那個死板的個性還能跟鄭莉離婚，騙誰啊？」

傅華再次強調說：「小葵，你沒聽懂嗎，是鄭莉跟我離婚，不是我要跟她離婚的。」

馮葵意識到傅華說的離婚是真的，遲疑了一下，說：「怎麼回事啊，老大為什麼要跟你離婚啊？不是她發現了你跟我的來往吧？」

傅華說：「不是，她並沒有發現我們的事，而是她受不了我給她帶來那麼多的麻煩，所以才要跟我離婚的。」

馮葵說：「你是說因為姓齊的綁架她的那件事？」

傅華說：「是的，那是壓倒駱駝的最後一根稻草。」

馮葵有些歉疚，傅華剛離婚，心情肯定不好，她卻還衝著他發火，就軟聲說：「不好意思啊，我剛才不該跟你發火的，我不知道你是在忙離婚的事。你現在心情是不是很糟啊？要不要我過去陪陪你？」

傅華說：「我現在已經好多了，你不用過來，我現在在駐京辦呢。」

「你打電話給我，就是想跟我說離婚的事啊？」馮葵問。

傅華說：「不是，是許彤彤來邀請我去參加他們公司的慶功酒會，說也邀請了你，我就想打個電話跟你說一聲。」

馮葵說：「那小丫頭是送了張請帖過來，不過，因為你這幾天都沒搭理我，我沒情沒緒的，就不太想去參加。你要去嗎？」

傅華說：「去吧，許彤彤來纏了我半天了，不去不好意思；你也一起去吧，跟我做個伴。」

馮葵開玩笑說：「我就知道你喜歡那個小丫頭，她一去找你，你就來精神了。」

傅華說：「你這話可是有點不對啊，我是知道你也被邀請了才準備去的，我這可都是衝著你啊。」

馮葵笑說：「衝著誰你心裏清楚！誒，老大跟你離婚了，你就變成黃金單身漢了，要不考慮一下把許彤彤給明媒正娶了？」

傅華油嘴滑舌地說：「誒，為什麼非要把許彤彤給明媒正娶了？我心裏想的可是一個叫做馮葵的小妖精。」

馮葵高興地說：「你真的是這麼想的嗎？」

傅華說：「是啊，我真的是這麼想的。」

馮葵打趣說：「那我答應嫁給你了，你可別後悔啊？」

傅華笑說：「後悔什麼，高興都來不及呢。我馬上就去買戒指，今天我就把你娶進門好了，你在家等著我啊。」

馮葵不再說笑，正色說：「好了，傅華，別鬧了，你也知道事情不是那麼簡單的。」

傅華不說話了，他心裏很清楚，雖然鄭莉跟他離婚了，卻不意味著馮葵就能跟他正式在一起。馮家曾經是這塊土地上最顯赫的紅色世家之一，門第高貴。即使馮老去世，馮家有所衰落，但馮家的子弟和門生故舊依然在政壇佔據著重要位置。

這樣的門第可不是傅華這種寒門子弟可以高攀得上的，他和馮葵的這段感情處於地下狀態時，可以毫無顧忌，一旦要浮上臺面的話，要考慮的事可就多了。

首先，要顧到馮家的臉面，馮家可不會讓一個未出嫁的閨女嫁給一個離過兩次婚的男人。這也是為什麼馮葵的姑姑馮玉清從未提出讓傅華離婚另娶馮葵的原因，馮家是不可能接納傅華的。

退一步講，就算馮家能接受傅華，傅華的身分地位也是一個問題，估計把馮家從上到下排著數，也找不出像傅華這樣級別這麼低的官員。他的駐京辦主任職務放在平頭小老百姓間勉強算是個小官，但是放到馮家去，就什麼都不是了。

沉默了一會兒，馮葵幽幽的說：「你來我這裏吧，我想見你。」

傅華就去了馮葵家，進門之後，馮葵上下打量了一下他，笑說：「我還以為你離了婚會痛不欲生呢，可看你的樣子也沒什麼變化嘛？你們這些男人啊，都是些負情寡義之徒。」

傅華說：「你想讓我怎麼樣啊，對著你痛哭流涕，說我捨不得她嗎？」

馮葵笑說：「那倒不必，不過你總要有點痛苦的樣子，或者是顯得很憂鬱才可以吧？」

傅華感慨地說：「痛苦不是都要表現在臉上的，沉在心底的痛苦可能更痛苦。」

馮葵聽了說：「那你究竟是捨得老大離開你，還是不捨得啊？」

傅華苦笑說：「我也不清楚，不過那天辦完離婚手續後，我是沒跟她握手說再見的。」

馮葵嘖嘖地說：「你這麼做好沒風度啊。」

傅華說：「事後想想，我也覺得自己很沒風度，但是在當下的那一刻，我真的是不能諒解她的，也許過一段時間我才能平靜的面對她吧。」

馮葵向傅華伸出了雙手，說：「來，讓我抱一抱這個痛苦的男人吧。」

傅華就伸手將馮葵擁進了懷中，用力的抱緊了她。

在鄭莉離開他的這些日子裏，雖然他外表看上去很平靜，但心中卻有一種強烈的孤寂感。他跟鄭莉的婚姻生活雖然已經轉為平淡，但幾年下來，鄭莉已經是他生活的一部分了，突然這一部分沒有了，他的心就空了很大的一塊，這個時候很需要別人的溫暖。

兩人就這麼靜靜的抱在一起。

過了許久，馮葵才幽幽的說：「你真的想娶我嗎？」

傅華老實地說：「我也不知道。」

「什麼叫你也不知道啊？」馮葵伸手捶了傅華的胸膛一下，生氣的說：「想就是想，不想就是不想，你一個大男人畏畏縮縮的算是怎麼回事啊？」

傅華反問：「那你願意嫁給我嗎？」

馮葵遲疑了一下，說：「我是願意嫁給你的，不過卻不是我想嫁就能嫁給你這麼簡單。」

傅華說：「這不就結了，我當然想把你娶回家去，但是要把你娶回家，要面對的壓力恐怕不是我能夠承受的；再說了，你願意做一個乖巧安分的妻子嗎？」

馮葵想了想說：「說實話，我也不知道。有時候我也想過要擁有你的全部，跟你結婚，為你生個孩子，做一個賢慧的妻子，但同時我也想到這種生活恐怕不是我這種個性的女人能夠忍受的，我不會是一個久安於室的女人，就算真的嫁給你，恐怕時間久了，我也會背著你在外面偷人的。」

傅華笑說：「你倒是說了句實話，你這個小妖精確實是安分不下來的那種人。」

馮葵反駁說：「我為什麼要安分啊，就你們男人可以在外面找情人，我們女人就不行啊？」

傅華笑笑說：「行，怎麼不行，你要找多少個都可以的。」

馮葵白了傅華一眼，說：「好了，不跟你開玩笑了，我有正事要跟你談。我姑姑這幾天就要回北京了，她說想要見見你。」

傅華說：「她是回來參加七中全會的吧？」

七中全會是對本屆會期的工作進行總結，並籌備下一屆全代會的，馮玉清在這時候回北京，應該是來參加這次會議的。不單是她，睢心雄、楊志欣、鄧子峰這些中央委員都要來參加這次的會議。

這次會議開過以後，下一屆的全代會很快就要舉行了，而高層領導換屆的最終結果，將會在下一屆全代會上揭曉。眼看會期臨近，形勢卻還不明朗，最近這段時間的北京恐怕又要掀起一場龍爭虎鬥了。

馮葵點點頭，說：「是啊。」

傅華說：「那你知不知道楊志欣究竟這次能不能進入核心領導層啊？」

馮葵語帶保留地說：「現在的形勢很不明朗，楊志欣究竟能不能進入核心領導圈，目前還沒有明確的消息。你問這麼多幹什麼，難道你對楊志欣還有什麼期待嗎？」

傅華說：「也沒什麼期待，就是有些好奇而已，這可是時下的熱門話題，我想最近很多官員茶餘飯後，談論的都是這次究竟是誰能夠成功登頂。誒，說起楊志欣來，有件事我倒是要跟你商量一下。」

馮葵看了傅華一眼，狐疑地說：「什麼事啊，你千萬不要告訴我想要我幫楊志欣做什麼事啊，馮家在這次的高層換屆中，選擇的是中立的立場，我可不能插手他跟睢心雄之間的政爭的。」

傅華說：「你別那麼緊張好不好？就是你想插手他們之間的政爭我也不會同意啊，我可不想讓你參與這麼危險的事。」

馮葵好奇地說：「那你想跟我商量什麼？」

傅華說：「是這樣，胡叔說願意讓天策集團支持我做點事業出來，楊志欣也有這個意思，你覺得我應該做點什麼比較好啊？」

馮葵眼睛亮了，說：「要支持你做事業，這是件好事啊，看來你沒白幫他和楊志欣。你先說清楚，你是想一個人出來做一番事業，還是要以駐京辦這個平臺來做一番事業？」

傅華謹慎地說：「我想了一下，還是以駐京辦這個平臺比較好，駐京辦這邊總是有了一定的基礎，如果我個人出來的話，什麼事都需要從零開始；相對來說，還是以駐京辦作為平臺比較穩妥一點。」

馮葵笑說：「我猜你也會這麼說，你這個傢伙做什麼事都是這麼保守，缺乏一點冒險的精神。」

傅華說：「你別管這些，你先告訴我做什麼比較好吧。」

馮葵想了半天說：「這個我還真是說不出，你手裏沒什麼技術，也沒有掌握什麼資源，憑空去做一個行業，顯然是不太合適的。」

傅華洩氣地說：「你說得很有道理。」

馮葵不禁問：「誒，胡叔沒跟你討論做什麼行業比較好嗎？」

傅華說：「我們大體上討論過，他覺得北京的地產業還有很大的發展，尤其是郊區的地產。」

馮葵聽了說：「郊區的房產確實是有啟動的跡象，不過要搞房地產，涉及到各方面的事就多了，特別是要跟政府把關係搞好，這個可不是隨便就能做起來的。」

傅華自嘲說：「你的意思就是反正沒什麼我能做的事就是了。」

馮葵勸說：「你先不要急，既然楊志欣和胡瑜非開這個口了，他們就應該對此有所考慮，你還是等他們提出具體怎麼支持你的方案再說吧。」

傅華點點頭說：「這倒也是。誒，你說你姑姑要見我，知道是為了什麼嗎？不會是因為我們的事情吧？」

馮葵猜測說：「應該不會，我們倆的事她會先跟我談的，她大概是要瞭解你們海川市的什麼事情吧。」

傅華打趣說：「你姑姑這是拿我當她的私家偵探啊。」

馮葵笑了笑說：「省委書記拿你當私家偵探，你應該感到榮幸才是啊。」

晚上，馮葵和傅華一起出現在帝豪國際俱樂部。

進門時，傅華還想跟馮葵分開走，卻被馮葵給挽住了胳膊；馮葵取笑說：「膽小鬼，你都已經恢復單身了，還怕什麼啊？」

傅華便聽任馮葵挽著他的胳膊一起走進了俱樂部，俱樂部裏熱鬧非凡，不停有客人進來，迎賓小姐滿面笑容的打著招呼，然後帶著來賓走進俱樂部的包廂，看來俱樂部的生意相當不錯。

天下娛樂公司在俱樂部開了一個大包廂，作為慶功酒會的場地。許彤彤看馮葵挽著傅華的胳膊連袂走進來，神色黯淡了一下，不過很快笑著迎了過來，說：「葵姐，傅哥，你們來了。」

馮葵點點頭說：「彤彤，恭喜你啊，第一部片子就得到這麼好的回響，相信不久的將來，你一定會成為一顆耀眼的大明星的。」

許彤彤甜笑說：「謝謝葵姐的誇獎，我一定會努力的。」

黃易明也看到了傅華和馮葵，走過來說：「傅先生、小葵，歡迎兩位的光臨啊。」

馮葵寒暄說：「黃董，你這個俱樂部搞得很熱鬧啊，一定是日進斗金吧？」

黃易明謙虛地說：「這都是朋友們捧場。」

這時尹章也走了過來，跟傅華打招呼，然後請黃易明到前面去為慶功酒會致詞。黃易明就跟馮葵和傅華說了聲少陪，然後到前面的致辭臺那裏為酒會致辭。

黃易明致辭時，傅華和馮葵、許彤彤都拿了一杯酒在下面聽著。

一名服務小姐走到傅華身邊，低聲說：「請問您是傅華先生嗎？」

傅華愣了一下，沒想到俱樂部居然有人認識他，回說：「是的，我是傅華，你找我有事？」

服務小姐笑笑說：「不是我找您，是外面有人找你，您能跟我出來一下嗎？」

「外面有人找我？」傅華疑惑的說：「是誰啊？」

服務小姐說：「她說是你的朋友，等見了面你就知道她是誰了。」

馮葵扭頭看了一眼傅華，說：「怎麼了？」

傅華說：「這位小姐說外面有人找我，我出去看一下，可能是什麼熟人今天也來俱樂部玩了。」

馮葵說：「要我陪你去嗎？」

傅華說：「不用了，我去看一下，馬上就回來。」

傅華就放下了手中的酒杯，跟著服務小姐走出包廂。

服務小姐帶著他來到另一個包廂門前，打開包廂的門，往裏指了一下，說：「傅先生，找您的人就在裏面。」

傅華一邊問說：「是那位找我啊？」一邊毫無戒備的走進包廂裏。

進去後，傅華不禁傻眼，包廂裏空蕩蕩的，沒看到任何人，他心中有一種不好的預感，感覺是被人算計了。

他轉身想退出包廂，卻已經晚了，包廂的門在這一刻啪地一聲被關上，從門後閃出一個女人來，二話沒說，一記又狠又重的勾拳勾在傅華的小腹上。傅華只覺得胃部一陣抽搐，疼得他抱著肚子蹲在那裏。

傅華這時已經認出打他的女人是那個羅茜男了，不由得罵道：「羅茜男，你這個女人瘋了嗎？你打我幹嘛？」

羅茜男冷笑一聲說：「你不知道我打你幹嘛嗎？你個混蛋，膽子也真夠大的，居然還敢來帝豪俱樂部，上次你來我沒教訓你，是因為我爸看在劉爺的面子上護著你；今天你又跑來，可就是自己找打了。」

羅茜男說話時，拳頭也沒有閒著，又是一記勾拳勾在蹲著的傅華的下巴上，把傅華給打得仰面倒在包廂的地毯上。

看傅華倒在地上，羅茜男並沒有罷手，緊接著抬起腳來猛踢傅華，嘴裏還喊道：「我今天要給你這個混蛋長長記性，讓你知道知道姑奶奶我不是好惹的！」

傅華雖然沒有和街頭流氓打架的經驗，但也知道趨利避害，眼見羅茜男就要踢到身上了，趕忙往旁邊一滾閃開。

羅茜男一看沒踢到傅華，更加火大，嘴裏罵道：「你這混蛋，姑奶奶踢你你居然敢躲?!看我不踹死你！」

羅茜男說著，就追過來要踹傅華，傅華知道此時呼救是沒有用的，這裏包廂隔音效果特別好，就是喊破喉嚨也沒有人會聽到。此刻他沒有別的出路，只能想辦法自救了。

傅華沒受過什麼搏擊之類的專業訓練，他也不是一個經常打架的人，因此雖然想自救，卻不知道要怎麼樣才能有效的阻止羅茜男，只是手忙腳亂的想要去擋下羅茜男踢打他的動作。

傅華這樣自然沒什麼作用，手忙腳亂中，他又被羅茜男踹了好幾腳，傅華受疼不過，就有些急眼了，恰好他的手在胡亂揮舞中抓到了羅茜男的腳，便想都沒想的用力一扯，把羅茜男扯倒在地上。

羅茜男雖然是個女人，卻打過很多次架，可說打架的經驗十分豐富。她躲在門後，等傅華一來就偷襲，又給傅華一記狠狠的勾拳，都是從多年的打架經驗中得出的制敵高招。

按說羅茜男是不至於被傅華這種毫無打架經驗的人給撂倒的，但是她倒楣在一開始的時候打得太順利了，以為傅華這種不會打架的傢伙她隨隨便便就可以收拾掉，就失去了警惕性。哪知道兔子急眼了還咬人呢，更何況是傅華這種健壯的男人呢？

傅華一開始雖然挨了幾記狠揍，但沒有失去戰鬥力，看到羅茜男倒在地上，他雖然沒什麼打架經驗，卻知道絕對不能讓羅茜男再站起來，如果羅茜男再站起來的話，他恐怕會遭到更為慘烈的毆打。

於是傅華雙手一撐，把身體從地毯上撐起來，然後猛地往前一撲，撲在羅茜男的身上，死命的壓住羅茜男。

羅茜男倒地的時候，本來是想來個鯉魚打挺跳起來的，沒想到她的姿勢還沒做好，就被傅華壓住了身體，怎麼也無法起來了。

這時羅茜男還是不肯甘休，揮手想給傅華一巴掌。傅華早就留意到羅茜男的胳膊想要揮來，由於平常保持運動的關係，他的身手還算敏捷，便搶在羅茜男巴掌打到臉上之前，一把抓住羅茜男的手腕，然後把羅茜男的胳膊摁在地毯上。同時為了以防萬一，傅華沒等羅茜男動作，就搶先伸手去摁住羅茜男的另一隻手。

羅茜男看雙手被摁住，腿和身子又被傅華死命的壓住，想掙扎著把傅華從身上給掀下去，傅華是個健壯的男人，力氣總是比羅茜男大，羅茜男用力掀了幾下，卻怎麼也掀不動傅華。

羅茜男這時也急眼了，她一聲大叫，居然像瘋子一樣張嘴想要去咬傅華；傅華哪裡會被她咬到，往旁邊一閃，讓羅茜男撲了個空。

此刻傅華真是有點被身下這個野蠻的女人給嚇到了，越發死命的壓住她的身體和胳膊，生怕這女人從他的身下掙脫出來。

儘管這樣，羅茜男仍沒老實下來，依舊在傅華的身下不停地扭動著，想要擺脫傅華對他的控制。傅華自然不肯有絲毫的放鬆，深怕一旦羅茜男掙脫，他不知會遭受到什麼樣的報復。

羅茜男雖然沒能掙脫，沒想到另一個意想不到的狀況突然出現，在羅茜男身體的扭動磨蹭之下，傅華的身體居然起了反應。

其實這也是很正常的，羅茜男是個二十多歲的妙齡女郎，樣貌姣好，身材凹凸有致，傅華又正當壯年，跟鄭莉離婚後，有好一段日子沒碰女人，在羅茜男的扭動下，熱血湧動，身體難免會失控。

羅茜男也感受到了傅華身體的變化，臉紅了一下，眼睛怒視著傅華，脫口又罵了句流氓。

傅華感到十分尷尬，但是又不敢就這麼放開羅茜男，就乾笑了一下說：「羅小姐，我也不想這樣，這樣吧，我們打個商量，只要你保證不再打我，我就放開你，可以嗎？」

羅茜男眼睛惡狠狠地瞪著傅華，她長這麼大，從來沒吃過這樣的虧，雖然沒挨打什麼的，但是被一個厭惡的男人死命的壓住身體，感覺就像被強暴了一樣，心裏恨不得把傅華給扒皮抽筋才解恨，又怎麼肯同意不再打傅華呢。

傅華看羅茜男仍是惡狠狠地瞪著他，就知道這個女人還不想放過他，便不敢鬆開羅茜男，還是死命的壓住羅茜男。好在羅茜男慢慢安靜下來，不再扭動了。

不過即使這樣，傅華也不敢放鬆警惕，依舊雙手按住羅茜男的雙手，身體壓著羅茜男。幸好這時沒有別人看到這個畫面，不然，一定會以為他們是在做什麼曖昧的事了。

就這麼又僵持了一會兒，身體一直保持這個姿勢，傅華也是受不了的，他苦笑了一下，說：「羅小姐，你不肯承諾不再打我，我是不會放開你的；你總不會想讓我們這個姿勢一直這樣保持下去吧？」

沒想到羅茜男還真是寧死不屈，她呸的一聲，吐了傅華一臉的唾沫，叫道：「姓傅的，我告訴你，你聰明的話，馬上放開我，要不然等我掙脫開了，我不打得你滿地找牙，我就不姓羅。」

傅華苦笑說：「羅茜男，我不就是那天捉弄了一下睢才燾嗎？你有必要這麼恨我入骨嗎？」

羅茜男恨恨地說：「之前是因為睢才燾，從現在開始就是我們之間的事了。姓傅的，你等著吧，我會讓你求生不得，求死不能的。」

見羅茜男還是不肯妥協，傅華心中暗自叫苦，這樣下去不行，羅茜男的體熱不斷地傳到他的身上，讓他不斷的有一種想犯罪的衝動，傅華知道自己必須要趕緊脫身才行。

傅華看了一下包廂門和他所在位置的距離，估算著從羅茜男身上下來，

然後跑去開門需要的時間，他相信只要能跑出包廂，羅茜男就不能再對他怎麼樣了。畢竟帝豪俱樂部是打開門做生意的，作為老闆之一的羅茜男應該不會想讓人知道客人在這裏是不安全的。

從傅華的位置到包廂門的距離並不是很長，兩三步就可以跑到，傅華覺得只要他能動作快一點，讓羅茜男來不及反應，他就能逃脫羅茜男的魔掌。但前提是，他從羅茜男身上起來時，不能被羅茜男抓住身上的任何部位，那樣他就會被牽制住，失去逃脫的可能性了，這就需要讓羅茜男無法事先察覺他是打算起來逃跑的。

傅華思索了一下，心中有了主意。只是這個主意有點下作，但是在這個非常時刻，他也顧不上那麼多了。

傅華邪邪的笑了一下，說：「好啊，你不是想讓我求生不能、求死不得嗎，那我先讓你求生不得求死不能好了。」

羅茜男愣了一下，傅華的笑似乎別有意味，便緊張地問道：「混蛋，你想幹嘛？」

傅華故意說：「一個男人和一個女人孤處一室，又是這個姿勢，你說這時候我想要幹嘛啊？」

羅茜男馬上就懂得傅華的意思了，大叫道：「混蛋，你敢碰姑奶奶一根指頭，回頭我非碎剮了你不可。」

傅華無賴地笑了笑說：「我現在碰你的可不止一根指頭啊，既然一定會被你碎剮了，不如我先姦了你，做個風流鬼好了。」

傅華放出狠話嚇唬羅茜男，是希望羅茜男向他示弱求饒，他就可以就坡下驢放了她。沒想到羅茜男個性強悍，寧折不彎，死死地盯著傅華，絲毫不懼地說：「姓傅的，你做做試試，看姑奶奶會不會怕你。」

傅華被羅茜男看得心裏發毛，心說今天真是倒楣，怎麼會惹到這麼一個難纏的女人呢，居然連要被強姦都不肯妥協。傅華不禁暗自叫苦，這次他算是把羅茜男給得罪慘了，以後不知道這女人會怎麼報復他呢。

不過此刻傅華已經顧不上去想以後會怎麼樣了，他必須先解決眼前的困局，把戲給演下去才行，因此傅華冷笑一聲，說：「好哇，羅茜男，你都不怕，那我又怕什麼，索性我們就一起好好玩玩吧。」

說著，傅華居然就真的低下頭去親羅茜男的臉頰。他不敢去親羅茜男的嘴，是因為擔心會被羅茜男這個野蠻的女人給咬到。

羅茜男雖然野蠻，但也是一個青春貌美的女人，傅華親她的臉頰，立即感受到她肌膚的滑膩，還嗅到一股沁人心脾的甜香，要不是知道這個女人相當危險，隨時都可能跳起來噬咬他，傅華幾乎都要為這氣息陶醉了。

此刻羅茜男的感受顯然跟傅華不同，她被傅華的親吻再次激怒了，啊的一聲大叫，渾身不斷扭動著，拼命想要從傅華身下掙脫出來。

傅華不管她的大吼大叫，依舊死死地壓住了她，不讓她擺脫，嘴唇也不斷在羅茜男的臉頰上流連，順著羅茜男的扭動滑向脖頸，順勢親吻起來，做足了想要強暴她的戲碼。

脖頸似乎是羅茜男的敏感地帶，她控制不住的在傅華身下扭動起來，然而她的扭動不是想要掙脫的扭動，而是動情的那種扭動。

傅華偷眼看去，就看到羅茜男頭轉向一邊，緊咬著嘴唇，閉著眼睛，想儘量控制著不讓自己對傅華的親吻有所反應，但顯然她的身體不受控制，看得出來她忍得相當痛苦。

傅華等的就是羅茜男分神的這一刻，此刻時機稍縱即逝，他不敢有稍微的遲滯，雙手放開羅茜男的手腕，離開羅茜男的身體，快速地往門的方向滾了幾滾，滾到門邊，伸手抓住門把手，借助抓的力量，人從地上站了起來。

這幾個動作一氣呵成，也就是幾秒鐘的事，羅茜男沒能來得及有所反應，他已經打開了包廂門。

這時他回頭看了一眼依舊躺在那裏的羅茜男，笑了笑說：「羅小姐，你自己在這慢慢享受吧，我先走了。」

傅華說完就關上門，他相信此刻羅茜男一定肺都氣炸了。

第七章

十倍奉還

傅華搖下車窗，看了看羅茜男，說：
「羅小姐，你還有什麼事嗎？」
羅茜男臉上帶著笑意，嘴裏卻惡狠狠地說：
「姓傅的，我跟你說，我們的事沒完，你等著吧！
我會把今天你加在我身上的凌辱，十倍還給你的。」

傅華快步走向天下娛樂公司所在的那個包廂，來到包廂門口，總算鬆了口氣，知道自己暫時安全了，黃易明也在包廂裏，羅茜男總不敢在黃易明面前打他吧。

他不免對自己的惶恐感到好笑，一個大男人竟被女人嚇成這個樣子，也真夠丟臉的。

傅華打開門，走進包廂，黃易明的致辭已經講完了，包廂裏的人正在唱歌的唱歌，玩骰子的人玩骰子，玩得正高興呢。

馮葵則是坐在沙發上跟黃易明、許彤彤聊天，看到傅華回來了，立即迎過來，看了看說：「怎麼去了這麼久，是什麼人讓你聊得這麼開心啊？」

傅華暗道：還開心呢，我差點都回不來了。不過他不準備跟馮葵講剛才發生的事，一來是因為他在一個女人手裏吃了虧，不是什麼光彩的事；二來，他逃脫羅茜男魔掌所用的手段實在很下作，自己都不好意思說出口。

傅華就信口編了一個謊說：「是民政部的一個朋友，這傢伙見到我就聊個不停，我也不好意思讓他住嘴，就多待了一會兒。」

馮葵沒有懷疑什麼，加上包廂裏的燈光本就是昏暗曖昧的，馮葵也沒注意到傅華的下巴被羅茜男打得腫了起來，就笑了一下，說：「哦，是這樣啊，走，去黃董那邊坐吧。」

傅華點點頭，跟馮葵走到沙發上坐了下來。

傅華對著滿面笑容的黃易明說：「黃董，你們聊什麼這麼開心啊？」

黃易明笑說：「我在跟彤彤聊一部公司即將開拍的電影，彤彤對女主角的理解很是到位。」

馮葵在一旁說：「黃董說他有意讓彤彤擔綱主演這部電影。」

只見許彤彤眼神中帶著掩不住的興奮，傅華便說：「恭喜你了彤彤，你這下子可以走向大銀幕了。」

許彤彤乖巧地說：「這都是黃董對我的栽培。」

黃易明稱讚說：「彤彤，光有我栽培是不夠的，你也得有成為大明星的素質，我們香港人說混娛樂圈是要靠老天爺賞飯吃的，你就是這種老天爺賞飯吃的人啊。」

這時包廂的門打開了，羅茜男從外面端著一杯酒走了進來，直接向傅華和黃易明走了過來。

傅華心裏有些發虛，他擔心羅茜男這是找上門來報復他的，就偷眼去看羅茜男的神色，見羅茜男臉色如常，還微微帶著笑意，好像還略微整理了一下她的妝容，一點都看不出剛才跟他在地毯上搏鬥的痕跡，傅華這才心神稍定。

羅茜男走到傅華和黃易明面前，笑了笑說：「黃董，我來敬酒，恭喜天下娛樂公司這部片子大獲成功，也祝黃董事業越來越興旺。」

黃易明高興地說：「謝謝你了茜男，先坐下來吧。」

羅茜男就選了一個傅華對面的位置坐了下來，然後對黃易明說：「來，黃董，這杯酒我敬您。」

黃易明跟羅茜男碰了一下杯子，然後各自抿了一口酒。

羅茜男放下酒杯，好像才看到傅華一樣，衝著傅華嬌媚的說：「哦，這不是傅主任嗎？你也來給黃董捧場啊？幸會啊。」說著，就向傅華伸出了手，想要跟傅華友好握手的樣子。

傅華猶豫了一下，擔心羅茜男跟他的握手有什麼陰謀。不過黃易明和馮葵這些人都在看著他，他如果不跟羅茜男握手似乎很不禮貌，只好伸手出來，說了句：「幸會，羅小姐。」

羅茜男笑了一下，跟傅華握了握手，絲毫沒有別的小動作，倒把傅華給搞糊塗了。

羅茜男接著跟馮葵打了聲招呼，跟馮葵喝了一杯酒，這才離開。

傅華和馮葵在包廂裏跟黃易明、許彤彤又聊了一會兒，看看時間不早了，就跟黃易明道別，從慶功酒會上離開了。

出了俱樂部大門，馮葵看了看傅華，說：「晚上要不要去我那裏？」

傅華搖搖頭說：「小葵，你再給我一點時間吧。」

馮葵知道傅華仍未走出離婚的陰影，便聳聳肩說：「隨便你了，我先走了。」就開著車離開了。

傅華走到自己的車旁，正準備上車時，羅茜男從俱樂部裏走了出來，衝著傅華喊道：「傅主任，等一下，我有話要跟你說。」

傅華此時想通了為什麼羅茜男會去天下娛樂公司的包廂，卻對他沒有表現出絲毫的敵意，因為羅茜男擔心他會向黃易明告狀，所以才去包廂查看情況的。也就是說，羅茜男對黃易明是有所畏懼的，因此他也就不擔心在俱樂部前，羅茜男會對他有什麼不利的行徑。

不過為了保險起見，他還是先上了車，發動好車子，準備羅茜男一旦對他不利，他好趕緊開車逃走。

羅茜男走到傅華的車旁，傅華搖下車窗，看了看羅茜男，說：「羅小姐，你還有什麼事嗎？」

羅茜男臉上帶著笑意，嘴裏卻惡狠狠地說：「姓傅的，我跟你說，我們的事沒完，你等著吧！我會把今天你加在我身上的凌辱，十倍還給你的。」

傅華嘻皮笑臉地說：「你這話說的有意思啊，剛才我是一個人壓住你的，你要十倍還給我，豈不是要用十個羅茜男壓住我了嗎？一個羅茜男我還能消受得了，十個我恐怕真是吃不消了。」

羅茜男怒不可遏地罵道：「混蛋，這時候你還敢來輕薄我。」

羅茜男說著，抬手就要打傅華，傅華卻好整以暇的指了指俱樂部門前的監控鏡頭，有恃無恐地說：「誒，鏡頭在看著你，小心被黃董看到你對他請來的客人不禮貌。」

羅茜男狠狠地瞪了傅華一眼，說：「今天看在黃董的面子上我不跟你計較，下一次別讓我看到你，否則我看見你一次就打你一次。」

傅華上下打量了一下羅茜男，取笑說：「你這麼兇，真不知道睢才肅那個女裏女氣的傢伙是怎麼吃得消你的？」

羅茜男看傅華打量她的身材，不禁想到剛才被傅華壓在地上輕薄的情形，臉上不由得紅了一下，衝著傅華嚷道：「混蛋，不准你用這種眼神看我，你再用這種眼神看我，我今天就是豁出去被黃董罵，也要好好教訓教訓你。」

傅華怕真的惹毛了羅茜男，便趕忙告饒說：「好了，羅小姐，我走總可以了吧。」

羅茜男沒好氣地說：「趕緊滾蛋。」

傅華一踩油門，趕緊駛離了俱樂部，從後視鏡裏，他看到羅茜男站在原地恨恨地跺了一下腳，才轉身進了俱樂部。

傅華暗自搖了搖頭，知道他跟這個女人算是結下了很大的梁子，以後再見到這個女人，恐怕真是要繞著走了，不然的話，這女人真是可能見到他就會跟他打架的。傅華眼前浮現出羅茜男惡狠狠瞪著他的樣子，忍不住打了一個寒顫。

兩天後的上午，傅華接到馮葵的電話，說是馮玉清已經回北京了，讓他去馮葵家裏見他。

馮玉清不僅是馮葵的姑姑，也是東海省的省委書記，她的召見傅華怎麼敢怠慢，便立即放下手頭的工作，去了馮葵家。

馮玉清看到傅華，上下打量了一下傅華，譏刺地說：「你的膽子越來越大啦，竟然敢插手到楊志欣和睢心雄這樣的大老博奕中去，真是不知死活啊。這次還好那個姓齊的傢伙弄明白你只不過是楊志欣設下的一個圈套，要不然的話，你這條小命可就交代在那裏了。」

傅華苦笑了一下，說：「馮書記，我也不想啊，我是被楊志欣那傢伙給利用了。」

馮玉清冷笑一聲，說：「利用?!要不是你那麼愛多管閒事，他又怎麼能利用到你頭上啊？」

傅華沒話說了，楊志欣和睢心雄的爭鬥他確實是很積極參與，馮玉清這麼責備他，倒也沒冤枉他。

馮玉清看傅華低著頭不說話，倒沒繼續在這件事情上責備他，接著說：「我聽小葵說，你跟鄭老的孫女離婚了？」

傅華點點頭說：「是的。」

馮玉清不禁問道：「那你下一步有什麼打算啊？」

傅華搖了搖頭，說：「我還沒想過這件事。」

馮玉清有些生氣地說：「你沒想過，難道你跟小葵兩個就一直這麼不清不楚的混著？」

傅華反問道：「那書記您想讓我們怎麼樣？」

馮玉清為難地說：「老實說我也不知道，小葵自小就跟我親，我很希望她能夠有一個好的歸宿。你人聰明，有才能，我很欣賞你，小葵又那麼喜歡你，所以我也願意看到你們在一起；不過……」

傅華接話說：「我知道，您是想說我還沒有優秀到讓馮家能接納我的程度，是吧？」

馮玉清不避諱地說：「沒錯，我就是想說你現在這個樣子可是遠遠不夠的。」

傅華不平地說：「為什麼是我要成為馮家的一份子，而不是小葵成為我傅華的老婆呢？」

馮玉清笑了，說：「傅華，你不要跟我搞這些無謂的意氣之爭，是不是我說讓小葵成為你老婆，你心裏就舒服些了？這沒有任何意義，就算我說一千句這樣的話，你如果真跟小葵結婚的話，世上的人先看到的還是你是馮家的女婿，你身上依然會打上馮家的烙印。」

傅華無奈地說：「是啊，你們馮家對我來說，實在是一個強大的存在，這讓我心存恐懼。」

馮葵在一旁忍不住說：「姑姑，你就不要管我和傅華的事了，我們都是成年人了，知道自己想要什麼。」

馮玉清搖搖頭說：「你以為我願意干涉你們的事啊？小葵，是你爸爸著急，他說你年紀也不小了，讓我這個做姑姑的要為你多操操心，看看有什麼青年才俊適合你的，趕緊給你介紹對象。」

馮葵不屑地說：「爸真是老土，都什麼時代了，他還要搞相親這一套啊，你別管他就行了。」

馮玉清說：「我倒是可以不管，不過，那樣恐怕你爸就要親自出馬了，你爸爸對女兒可不像我這個做姑姑的開通，你是願意面對我，還是願意去面對你爸爸啊？」

馮葵的眉頭皺了起來，不耐地說：「爸是老頑固，我當然不願意去面對他了。」

馮玉清耳提面命地說：「你也知道你爸不好對付，所以你和傅華最近最好行為檢點一些，不要因為傅華離婚了，就公開的出雙入對。你爸他現在還不知道傅華的存在，如果一旦被他知道了，你自己想想後果吧。」

聽馮玉清這麼警告馮葵，似乎馮葵的父親是個相當嚴厲的人，傅華看了看馮葵，說：「小葵，你爸很可怕嗎？」

馮葵苦笑了一下，說：「不是可怕，而是對我要求很嚴格。傅華，這個你別管了，我來應付就好。姑姑，你不是還有別的事情要問傅華嗎？」

馮葵轉移話題，傅華就知道她不願意讓他深究她父親的事，他也沒有勇氣去觸及馮家這個強大的家族，就對馮玉清說：「書記，您還有什麼事要問我啊？」

馮玉清說：「我是想問你，這兩天我聽到一些對代市長姚巍山不利的傳言，想向你求證一下這些事的真假。」

姚巍山是馮玉清主政東海省後提拔的第一個官員，他的好壞關乎著馮玉清的顏面，所以難免對姚巍山的情況會多留意一些。

「對姚市長不利的傳言，」傅華疑惑的說：「是哪方面的傳言啊？」

馮玉清說：「我聽到兩個不好的傳言，一個是姚巍山涉嫌貪腐，他這次委託尹章製作的宣傳片，要價高達一千多萬，實際上一兩百萬就可以搞定了，謠傳說姚巍山可能在其中收取了巨額的好處費。」

傅華聽馮玉清問起宣傳片的事，便轉頭對馮葵說：「小葵，詳情你跟馮書記說吧。」

馮玉清看了眼馮葵，質問道：「你也參與這件事了？」

馮葵趕緊搖頭說：「我沒參與，只是製作這部片子的天下娛樂公司是黃易明的，我對其中的事比較瞭解。姑姑，你說的那個姚巍山收取巨額好處費的事我不知道，但是我可以肯定，拍那部片子絕對用不了一千萬的。」

馮玉清問：「他們請的可是著名的大導演尹章啊。」

馮葵笑笑說：「尹章雖然大牌，但還沒大牌到這種程度，這部片子靠的就是尹章的招牌，沒有尹章，製作費撐死了就是幾十萬上下的樣子。」

馮玉清的臉色就不好看了，生氣地說：「姚巍山這傢伙膽子太大了，還沒正式成為海川市市長呢，居然就敢這麼做。」

馮葵習以為常地說：「姑姑，你也別太在意，現在公家單位都是這個樣子的，搞什麼都比市價要高出很多，其中的差價自然是被經手人賺走了。」

馮玉清瞪了馮葵一眼，說：「你瞎說八道什麼啊，這種話也是能隨便說的嗎？」

馮葵吐了一下舌頭，說：「事實如此嘛。」

馮玉清不願意再談這個話題，就轉向傅華說：「第二是有人說，姚巍山身邊有個叫李衛高的人，是個江湖騙子，但是姚巍山對他卻很相信，很多事都聽從他的意見，甚至連辦公室的擺設都是按李衛高的指點佈置的，說是什麼風水陣，這件事你知道吧，傅華？」

居然有人把李衛高的事都給翻了出來，傅華感到了問題的嚴重性，這是有人要攪了姚巍山的市長選舉啊。

傅華回說：「馮書記，這個叫李衛高的人確實是存在的，他對外宣稱是易學研究者，常常玩一些小魔術來騙人，姚巍山帶他來過北京，尹章就是李衛高介紹給姚巍山認識的。」

馮玉清不禁說道：「原來這兩件事情還是相互關聯的啊。」

傅華說：「是的，書記，而且這兩件事都是真的，並不是編造出來的謊言，恐怕是有人想要不讓姚巍山當上這個市長啊。」

馮玉清沉吟了一會兒，說：「傅華，依你看，會是誰在背後搞鬼呢？」

傅華一時間還真想不出是誰搞的鬼，市委副書記于捷雖然多年以來都在覬覦市長的寶座，但是在金達和孫守義手中接連受挫，已經沒有什麼鬥志，這次應該不會再來蹚這灣渾水的。

常務副市長曲志霞和副市長胡俊森雖然有做市長的能力，卻沒有做市長的資歷，他們也不會傻到做這種出力卻得不到什麼實惠的事。至於何飛軍和其他相關的市領導，目前看來都還不具備成為市長的可能。

傅華覺得這件事有些蹊蹺，有人在攪亂姚巍山的市長選舉，卻沒有人能從這件事情上獲取政治利益，這十分不合常理，除非做這件事的人想謀取的不是政治利益。

想到這裏，傅華不禁對馮玉清說：「馮書記，這件事有點怪異，我猜測這應該不是市裏的哪個領導在背後搞鬼，而是姚市長在什麼地方可能得罪人了，對方想給他一個教訓。」

馮玉清懷疑地說：「你認為是這樣的？」

傅華點點頭，說：「目前看來，除了姚市長得罪了什麼人之外，我看不出還有誰會這麼做。」

馮葵聽了說：「姑姑，你選的這個傢伙是不是有點問題啊，在這麼關鍵的時期，他就不能忍耐一下，廣結善緣，少樹敵人啊？」

馮玉清說：「我當初用這個人是另有目的的，我因為想借助孟副省長的力量，孟副省長向我推薦了他，所以我就啟用他了，沒想到這傢伙會這麼不知檢點。」

傅華問：「馮書記，那您接下來打算怎麼處理這件事啊？」

馮玉清語帶無奈地說：「我處理什麼啊？現在這時候如果要啟動對姚巍山的調查，姚巍山根本就別想當上海川市市長了。不過，我也不會站出來幫他說好話支持他的，還是順其自然吧。不是要講民主選舉嗎？這次我就民主一回吧。」

馮玉清這麼說，傅華就明白她的意思了，姚巍山只是當初馮玉清要借助孟副省長的本土勢力在東海省站穩腳跟，才在孟副省長的推薦下任用的，現在馮玉清已經成功的站穩腳跟，姚巍山的使命完成了，他未來的命運會如何，對馮玉清而言已不再重要。

更何況，姚巍山現在涉嫌貪腐，馮玉清自然不想跟這樣一個傢伙綁在一起，以免將來受他的牽累。她不去主動對姚巍山展開調查，已經是很給姚巍山留面子了。沒有馮玉清的支持，看來姚巍山這次恐怕是要自求多福了。

馮玉清看了看傅華，說：「鄧省長這次也進京了，你們沒有聯絡吧？」

傅華搖搖頭說：「我們很長時間都沒有聯繫了，特別是他那次不點名批評了我之後。」

馮玉清說：「他雖然沒點名，但是跟點名沒什麼區別，只是奇怪的是，孫守義並沒有隨之起舞，按說他是鄧子峰重點栽培的人，鄧子峰都那麼說了，他應該有所行動才對。」

傅華忽然覺得馮玉清這次不去干涉姚巍山的市長選舉，也許還有一些別的意圖在其中，比方說趁機打擊異己。

孫守義是鄧子峰陣營的人，自然也是馮玉清要打擊的對象之一。孫守義是這次市長選舉的負責人之一，姚巍山的選舉如果出了問題的話，孫守義也會擔上責任的，馮玉清便可以藉這件事打擊孫守義。

犧牲一個已經無關緊要的姚巍山，卻可以打擊鄧子峰陣營的大將，這對馮玉清來說是很划算的。

傅華說：「孫守義並不是完全附庸於鄧子峰的，他身後還有中組部的一些人在支持著，採取不同於鄧子峰的行動也就不足為奇了。我想孫守義身後的人一定看出睢心雄不能成事，所以就沒讓孫守義對我採取什麼行動。」

馮玉清聽了說：「你這個推測很有道理，可惜的是鄧子峰並沒有孫守義身後那些人的眼光，這次算是誤判了形勢，不過這也怪我……」

傅華納悶地說：「怪您？這是什麼意思啊？鄧子峰做出的選擇，跟您有什麼關係啊？」

馮玉清解釋說：「我這麼說是有原因的，本來這個東海省省委書記已經是鄧子峰的囊中之物，因緣巧合卻被我伸手摘了桃子，我這個年紀再幹兩界省委書記是絕沒問題的，換句話說，鄧子峰想要在東海省再上一步的可能就微乎其微啦，他自然是急著找新的出路了，結果饑不擇食，竟然去找到了雎心雄。」

傅華對鄧子峰仍然很關心，便問道：「馮書記，您說高層這次會不會對鄧子峰有所處分啊？」

馮玉清評論說：「我個人認為高層會對鄧子峰這次站出來支持雎心雄有所處分的。」

傅華有點不太相信的說：「不會吧，現在雎心雄都沒事，怎麼會去處分僅僅是支持了一下雎心雄的鄧子峰呢？」

馮玉清分析說：「我做出這個判斷是基於兩點，首先，高層不喜歡主政一省的這個層級的官員走得很近，更不願意看到他們相互勾結，鄧子峰在這點上算是犯了很大的忌諱。」

鄧子峰和雎心雄算是主政一方的封疆大吏，手中擁有極大的權力，高層必然會擔心他們擁權自重，威脅到高層的權力安全，自然不樂見他們相互勾連。

馮玉清接著說道：「第二點，雖然高層這次不能拿睢心雄怎麼樣，但是不代表高層就接受睢心雄的做法，高層一定想要給睢心雄一個警告，處分鄧子峰不就是個最合適的警告嗎？殺雞儆猴，猴子不會有事，但雞可就要被犧牲了。」

馮玉清這麼一分析，傅華也覺得鄧子峰這次怕是凶多吉少了，心裏未免有些惻然，想當初他剛認識鄧子峰的時候，鄧子峰意氣風發，很想在東海省做出一番事業，但是幾年下來，他不但沒在東海省獲得成功，反而可能會失去省長的寶座，只能說人生還真是世事無常。

傅華有些不平地說：「倒是便宜睢心雄這個傢伙了！真是太不公平了，惹事的人沒事，幫他跑腿的卻遭殃了。」

馮玉清見怪不怪地說：「世界上哪有那麼多公平啊？你當初幫了鄧子峰那麼多忙，到最後人家為了討好睢心雄，還不是把你當犧牲品？所以收起你氾濫的同情心吧。」

傅華諒解地說：「這件事我倒沒怪他，上到他這個層次，做什麼事情，私人情誼早就不在考量的範圍之內了，唯一考量的只有政治的利益。」

馮玉清不禁讚道：「你倒很大度啊，這種事情你也能釋懷。」

傅華說：「馮書記，您別這麼說，如果換到是您，要在政治利益和朋友之間做一個選擇，您是選擇朋友呢還是選擇政治利益？我相信您的答案一定不會是朋友吧？」

「好吧，算你說的有道理。誒，傅華，有件事我可要提醒你，這次楊志欣和睢心雄都到北京了，他們倆人的事你最好少攙和啊，他們現在已經到了最後刺刀見紅的時候了，你攙和進去太危險了。」馮玉清正色提醒說。

傅華說：「我不會再攙和進去了，我也沒什麼可攙和的地方。」

馮玉清點點頭說：「那是最好不過了。」

傅華又陪著馮玉清聊了一些海川市的情況，就告辭回駐京辦了。

剛回到駐京辦，就接到孫守義打來的電話。

孫守義開口就直接問傅華，揭發何飛軍買官的那件事進展的怎麼樣了。

傅華聽得出來，孫守義的語氣很著急，心裏就有些納悶，按說孫守義不需要這麼著急，何飛軍對孫守義雖然有威脅，但威脅的程度不高，孫守義根本無需這麼急著催促他趕緊除掉何飛軍。

傅華不知道的是，此刻何飛軍對孫守義的威脅程度突然增高了很多，這是因為孫守義發現姚巍山和何飛軍這兩個傢伙居然私下結盟了。

原本孫守義讓姚巍山去調查化工賓館，是想看到姚巍山和何飛軍發生衝突，這樣既懲治了何飛軍，又會打擊到姚巍山的威望。但是結果卻令孫守義大跌眼鏡。何飛軍沒有做出任何激烈反應，反而在市長辦公會上對姚巍山表示支持，似乎姚巍山並沒有損害到他的利益一樣。這明顯很不對勁。

孫守義很快就意識到問題的癥結所在，何飛軍突然變得這麼乖，肯定是因為姚巍山給了他什麼好處，何飛軍得到了某種補償或者承諾，所以才會轉而支持姚巍山。

孫守義沒想到他的一石二鳥之計居然促使了兩人的結盟。對孫守義來說，姚巍山跟何飛軍的結盟改變了海川政壇既有的權力格局，何飛軍這個無賴現在變成了姚巍山手裏的一把刀子，他不會再威脅到姚巍山，反而得到姚巍山的加持，成了他孫守義的心腹大患了。

孫守義自然不能對此坐視不理，他必須趕緊打破何飛軍和姚巍山的聯盟，於是他急急打電話給傅華，想讓傅華趕緊把何飛軍給扳倒。

傅華說：「孫書記，這件事還在進行中，那個歐吉峰已經快到崩潰的邊緣了。」

孫守義質問說：「快到了？也就是還沒到了？」

傅華說：「是的孫書記，這件事需要歐吉峰自己到公安部門去自首，這點並不容易做到，我們又不好做太明顯的引導，所以進行起來就比較難。」

孫守義知道傅華說的是事實，只好說：「反正你快點就是了。」

傅華說：「我會儘量爭取的，孫書記……」

傅華頓了一下，原本他是想提醒一下孫守義，防備有人在姚巍山的市長選舉上做文章，他現在算是跟孫守義同一陣營的，還要借助孫守義的權力做些事情，因此並不想看到孫守義因為市長選舉出問題而受到省裏的處分。

但是話到嘴邊，傅華卻又打住了，他意識到他跟孫守義說這件事並不合適，這件事是馮玉清告訴他的，馮玉清是想借這件事情做孫守義的文章，他如果說出來，很可能會攪了馮玉清的安排。

孫守義聽傅華話說半截忽然停住了，就問道：「傅華，你想跟我說什麼啊？」

傅華趕忙回說：「沒有，我是想說我會儘量快一點的。」

孫守義沒有懷疑什麼，就說了一句：「那行，就這樣子吧。」

孫守義掛了電話後，傅華本想打電話給劉康，問一問歐吉峰的情況，但想想還是放棄了，他不想讓歐吉峰被逼得太狠，只要他能自首交代出何飛軍跟他買官的事就行了。如果他打電話給劉康催問這件事的話，蘇強為了討好劉康，一定會加大催逼歐吉峰的力度，萬一失了分寸，有可能釀成一場慘劇，所以還是順其自然的好。

這時，傅華的電話再次響了起來，是胡瑜非打來的，他說楊志欣到北京了，想要跟他見個面，讓傅華馬上去他家。傅華答應了，他現在想借助胡瑜非和楊志欣的力量做一番自己的事業，自然不能拒絕跟楊志欣的見面。

傅華趕去了胡瑜非家，楊志欣還沒到，說是在豐湖省有些事被絆住了，要晚一點過來。胡瑜非泡了茶，跟傅華邊喝邊聊。

胡瑜非對黎式申留下的東西還是不死心，忍不住問道：「傅華，你這些天想沒想過黎式申到底有沒有留下什麼蛛絲馬跡啊？」

傅華搖搖頭說：「沒有，也許黎式申並沒有來得及做什麼安排，就被雎心雄給滅口了。」

胡瑜非的臉色顯得很失望，說：「如果是那樣的話，雎心雄可就逃過懲罰了。」

傅華說：「這也是沒辦法的事了。誒，胡叔，楊書記還會繼續留在豐湖省嗎？」

胡瑜非說：「應該不會，高層希望他能來北京工作，至於具體的工作安排，目前還沒確定。」

楊志欣來北京已成定局，說明他就算無法登頂，也會往上再走一步，這也算是對楊志欣的一個安慰了。傅華便說：「那可要恭喜楊書記了。」

胡瑜非提醒說：「這個恭喜的話，你最好不要在他面前提，他這時候心裏肯定不痛快的。」

傅華也明白楊志欣現在的心情，他其實已經摸到中樞位置的邊了，卻因為雎心雄對他狙擊，讓他只差一步無法坐上去，心中的懊喪可想而知。這時候他心中一點喜悅的心情都沒有，自然是不想聽到什麼恭喜的話了。

胡瑜非說：「誒，傅華，我把你想做房地產的事跟志欣說了，志欣覺得這個想法不錯，值得試上一試。」

傅華笑了一下，說：「這個還是從長計議吧，胡叔，我這幾天合計了一下，要做地產行業不僅要有資金，還要有很廣的人脈，不然公司是很難做起來的。」

胡瑜非不以為然地說：「你這話說的可是有點洩氣啊，志欣現在是豐湖省省委書記，我是天策集團的董事長，我們兩人算是政商兩界的翹楚了吧，難道我們的人脈關係還不夠你玩上一陣的？跟你這麼說吧，傅華，我和志欣準備全力支持你，你就放心大膽的去做就好了。」

這時楊志欣到了，傅華和胡瑜非立即站起來迎接他。

第八章

收入囊中

高芸說：「這塊地國土局將它收回再拍賣的話，
一下子就多了幾億的財政收入，為什麼不這麼做啊？」
傅華不以為然地說：「沒這麼簡單吧？
我怎麼覺得是什麼人看好這個地塊，
想透過這種方式好將地塊收入囊中啊？」

楊志欣一看到傅華，上下打量說：「傅華，你精神不錯嘛，看來並沒有被離婚所打倒啊。」

傅華苦笑了一下，說：「楊書記，我還能撐得住的。」

楊志欣打氣說：「你這樣就對了，人就是要有點精神。」

說到這裏，楊志欣轉頭對胡瑜非說：「誒，瑜非啊，你知道我在機場碰到誰了嗎？」

胡瑜非立刻猜說：「不會是雎心雄吧？」

楊志欣佩服地說：「你真聰明，一說就中。這傢伙也不知道怎麼了，整個人瘦了一圈，兩眼無神，儀容邋遢，整個人都有點脫形了，一副倒楣相。」

傅華聽了，說：「估計這傢伙是因為擔心黎式申留下的那件東西才會這樣的，現在高層換屆在即，到了該揭牌的時候，雎心雄肯定擔心黎式申安排的人會在這時候把他侵佔三億資金的事情給揭露出來。」

胡瑜非點點頭，說：「傅華，你這個推測很有道理，這時候將雎心雄的罪證給揭露出來，確實是對雎心雄打擊最大的。」

楊志欣憂慮地說：「這只是揣測，關鍵是這份罪證究竟在哪裡，又會不會真的出現呢？」

傅華說：「不管會不會出現，睢心雄的心都不可能放得下來，除非他親手銷毀了這份罪證。」

楊志欣別有意味地瞄了瞄傅華，說：「這倒是，做賊心虛嘛。說起來也怪，黎式申既然留下了罪證，怎麼都到這時候了，還一點跡象都看不出來，真是讓人百思不得其解啊。」

傅華看楊志欣一直盯著他看，知道楊志欣仍然覺得黎式申把罪證交給他的可能性最大，就說：「楊書記，我這些天也一直在想我是不是忽略了什麼線索，但是想來想去，還是一點頭緒都沒有。」

楊志欣笑笑說：「沒有就沒有吧。對了，瑜非把你想要做地產業的事跟我講了，你是真的想在這方面發展呢，還是只是隨口說說而已？」

傅華正色說：「楊書記，我是真的想做出一番事業來的，但是還沒有考慮成熟。」

楊志欣笑說：「怎麼，想證明給你離婚的前妻看看，你也是個有能力的男人嗎？」

傅華搖了搖頭，說：「不是，證明不證明的沒什麼意義，我前妻的個性我知道，就算是我把一個商業帝國放在她的面前，她也不會回頭的。我只是想，我來這世上一遭，不管成功失敗，總要做點什麼出來吧？」

楊志欣聽了說：「那就是你真的想做點什麼，而非是一時意氣用事了。是啊，作為男人，還是應該有點事業的，既然你在仕途上沒太大的進取心，求取商業上的成功也是不錯的。正好我手邊有一個項目很適合你去做，不知道你感不感興趣？」

傅華愣了一下，沒想到楊志欣居然真的會拿出項目給他做，不用說，他這個省委書記能拿出手的一定是個大項目，而且一定收益豐厚。但是傅華卻覺得他不好接受楊志欣的安排，楊志欣這麼做完全是一種酬庸性質，牽涉到了不當的利益輸送，這使這個項目從一開始就有了先天上的缺陷了。

傅華委婉地說：「楊書記，我很感謝您對我的栽培之意，不過……」

「你先別不過了，」楊志欣打斷了傅華的話，說：「我知道，你是擔心我給你的這塊大肥肉，會牽涉到不當利益的輸送，是吧？」

傅華笑說：「您還真是瞭解我，我這個人的胃口不大，太肥了，我怕吃不下反而會噎到。」

楊志欣笑說：「肥肉吃不下，骨頭總啃得動吧？」

傅華反問說：「不會吧，您打算讓我幫您啃骨頭？」

楊志欣笑笑說：「是啊，我知道給你肥肉吃涉嫌不法，我也是主政一省的人，自然不會做這種錯誤的行為，但是如果給你骨頭啃，那就是正當的商業行為了；只是不知道你的牙口夠不夠硬，是會把骨頭啃下來，越嚼越香呢，還是啃不動崩掉了牙齒呢？」

傅華開始對楊志欣所說的項目感興趣了，便說：「不知道您是要給我什麼樣的骨頭啃呢？」

楊志欣說：「嚴格說起來，這應該算是兩個項目，你應該有所耳聞，就在朝陽區，這個項目的發展商天豐置業，是豐湖省一家省屬企業，在朝陽區發展了……」

「天豐源廣場和豐源中心兩個項目是吧？」傅華立即答道。

楊志欣笑笑說：「這麼說你知道這兩個項目了？」

「我知道這兩個項目，不過楊書記，您是不是也太瞧得起我了，這塊骨頭可硬得很，我這牙口可能有點啃不動啊。」傅華遲疑地說。

楊志欣所說的這兩個項目是在朝陽區一個相當有名的爛尾樓盤，這原本是北京的一塊地王，創下了當時樓面價的記錄，一萬三一坪，而當時周邊樓盤的銷售價都還不到一萬塊呢，因而還一度引起過麵粉比麵包貴的熱議。

但是這塊地王卻命運多舛，並沒有給開發商帶來豐厚的利潤，第一家花了八億多買下它的地產商「龍鵬」房地產開發公司，被銀行認為拍下這塊地的行為太過瘋狂，因此並沒能以這塊土地作抵押，從銀行中貸出可以開發這塊土地的資金來。

現在的開發商做項目，實際上玩的都是銀行的錢，龍鵬房產得不到銀行的支持，也就意味著他們沒有足夠的資金來開發這塊土地，因此在交付了部分土地出讓金之後，資金鏈就斷線了，項目也就停在那裏。

也許是因為龍鵬一開始就把這個項目的意頭給搞壞了，彷彿有魔咒似的，其後這個項目的幾個接手人都是開發了一段時間就後繼無力，幾度停工，幾經轉手後，項目才到了現在的天豐置業的手中。

項目在天豐置業手中，命運也沒有改變多少，天豐置業很長一段時間也沒有籌措到足夠的資金讓項目復工，這個現在改名為天豐源廣場和豐源中心的項目依舊是停滯在那裏。

雖然傅華並沒有深入的瞭解過這個項目，但是他聽說過人們對這個項目的議論。北京的地產業經過一段低潮期後，現在重新抬頭，地價再度飛漲，寸土寸金，再怎麼爛尾的項目發展起來也都是有利可圖的。

這一帶的土地樓面價也早就超過了當初龍鵬房產購買時的一萬三千塊了，按照現在的市價，這塊地的總值已經是當初的好幾倍了。但是天豐源廣場和豐源中心依舊發展不起來，根本原因就是因為這塊土地在轉手的過程中導致土地產權不清，手續不全，現在的開發商無法辦理一些必要的開發手續的緣故。

無法辦好開發手續，就無法進入到土地開發的實質性操作當中去，所以天豐置業也只能停工在那裏。

這不但是一個難啃的骨頭，而且根本就是一個大麻煩，稍有不慎就會陷身其中，無法自拔，因此傅華才說他啃不動這根骨頭。

楊志欣責備說：「傅華，你還沒試試看就退縮了，這可有點不像你的風格啊。」

傅華為難地說：「楊書記，我退縮是因為我有自知之明，那麼多的厲害角色都沒把這塊地給發展起來，我就更沒有這種可能了。」

胡瑜非在一旁說：「話可不能這麼說，別人發展不起來，不代表你也發展不起來。再說了，越是困難的事，越代表一種難得的機遇，你能把這件事情做好了，也就能從中獲得巨額的利益。」

楊志欣鼓勵說：「對啊，要是這件事情容易做，就不叫骨頭，而是肥肉了。不說別的，現在這塊土地的價值就是個很大的優勢，你如果能在這個價格的基礎上把這塊地接手過去，土地的增值就是一個巨額的數字。」

傅華不禁思索起來，他對楊志欣把這個燙手山芋硬塞給他的意圖很是懷疑，楊志欣不會在其中藏有什麼貓膩吧？但是他也知道，巨大的風險同時也意味著巨大的收益，也許正像胡瑜非所說的那樣，這對他來說是個難得的機遇。

楊志欣看傅華不講話，知道他還在猶豫，就笑了笑說：「傅華，你不用急著做出決定，我這次要在北京多待幾天，你回去考慮考慮，也瞭解瞭解這個項目的情形，如果有意要做這個項目，我們再來討論吧。」

這確實不是一件馬上就能做出決定的事，傅華便點點頭說：「好的楊書記，我會認真考慮這件事的。」

楊志欣說：「好好想想吧，不要被其中的困難給嚇住了，其實很多困難只是看上去很可怕而已，真要動手去解決的話，往往是不堪一擊的。」

胡瑜非附和說：「這件事也不是靠你一個人解決，我和志欣都是你堅強的後盾。有我們兩個從旁幫助你，什麼樣的困難解決不了啊？」

傅華聽了，說：「胡叔，您還是讓我全面權衡一下吧。」

胡瑜非點點頭說：「行，你自己好好考慮吧。」

傅華又跟楊志欣聊了一會兒，就回駐京辦了。

回去之後，他就開始琢磨起天豐源廣場和豐源中心的項目，究竟做與不做，傅華心中徘徊不定，不做吧，他捨不得這麼好的機會；做吧，他知道裏面的難題解決起來將是十分麻煩。

想來想去，傅華心中還是沒有一個決斷，他拿起電話打給高芸，他這個駐京辦主任對房地產開發雖然也知道些路子，但是總體上說他還是個門外漢，而和穹集團卻有著豐富的地產開發經驗，詢問一下高芸的意見，也許能夠幫助他做出決斷來。

高芸很快接了電話，說：「傅華，找我有什麼事啊？」

傅華說：「有件事情想請教一下高總，不知道你有時間嗎？」

高芸笑說：「要請教我，我的諮詢費可是很貴的啊。」

傅華爽快地說：「行啊，只要能幫我解決問題，諮詢費隨你開啦。」

高芸不禁讚道：「這麼好，那你究竟想請教什麼問題啊？」

傅華說：「這件事挺麻煩的，一兩句話說不清楚，你在哪裡啊，我能不能當面請教你啊？」

高芸笑說：「我在和穹集團，你過來吧。」

傅華就去了高芸的辦公室。

高芸看見傅華，立即上下左右仔細地打量了傅華一下，說：「我怎麼聽說你跟鄭莉離婚了，不會是真的吧？」

傅華說：「你耳朵倒挺尖的，這樣的消息你也能聽到。」

高芸笑說：「北京這地方說大也很大，說小也很小的。誒，你離婚之後有什麼打算嗎？」

傅華很清楚高芸對他的情意，但是他對高芸卻一直沒有那方面的想法，這可能是因為高芸給他的印象就是一個強勢的女人，儘管高芸也曾經在他面前展露過脆弱的一面，但高芸女強人的形象已經深入他的腦海中了，他很難被高芸喚起想要得到她的那種感覺。

也許他們更適合做朋友吧，傅華就笑了笑說：「我還沒想過呢，一切隨緣吧。」

高芸關心地說：「你這樣可是有點消極啊，看來這次的離婚對你的打擊不小啊。誒，如果你想找人聊天喝酒，可以打電話給我啊。」

傅華開玩笑說：「打電話給你，不會耽擱你跟男朋友的約會嗎？」

高芸自嘲說：「肯定不會的，因為我註定要小姑獨處、獨守空閨啦。說起來這都是拜你所賜，北京的社交圈都在傳說我是你的小蜜，所以我的名聲算是被你搞壞了，這段時間都沒男人來追我了。」

傅華趕忙自清說：「誒，這筆帳可不能算在我頭上啊，胡東強是你自己想分的，至於睢才燾那種貨色，不要也罷！胡東強雖然紈褲了點，但對你他還是很尊重的，睢才燾那傢伙則根本就是在利用你嘛。誒，睢才燾最近怎麼沒什麼動靜啊？我有段時間沒聽到他的消息了。」

高芸笑說：「怎麼，你聽不到他的消息還想他嗎？」

傅華好笑地說：「倒真有點呢，逗這傢伙玩其實是件很有趣的事。」

高芸聽了說：「你這話如果傳到他耳朵裏，他非氣炸不可。他現在去德國了，不在國內。」

傅華說：「難怪！我說怎麼我幾次見到羅茜男，都沒看到睢才燾呢，原來他出國啦。」

高芸有些醋意地問：「你說幾次看到羅茜男，看來你最近跟羅茜男打得火熱啊？」

傅華心裏竊笑了一下，心說：真的是打得火熱，不過，是打架打得火熱，而不是濃情蜜意的那種打得火熱。

傅華笑說：「什麼打得火熱啊，我就是受邀去了幾次帝豪國際俱樂部而已。好了，我們還是來談正事吧。高芸，你知道天豐源廣場和豐源中心這兩個項目嗎？」

「這誰不知道啊？」高芸說：「朝陽區最有名的爛尾項目，你不會是來打聽關於這兩個項目的事吧？」

傅華點點頭，說：「是啊。」

高芸有些納悶地說：「你問這個幹嘛？這個似乎跟你們駐京辦搭不上界啊？」

傅華說：「那我如果是說接手了這個項目，是不是就搭上界了呢？」

高芸驚訝的道：「你要接手這個項目，你昏頭了吧？這樣的項目你也敢接？」

傅華笑笑說：「你不用這麼驚訝吧？我知道這個項目有很多問題，我如果真要接手，會遇到一些困難。」

「遇到一些困難?!」高芸忍不住說：「你說得倒輕巧，這個項目的水深著呢，其中的困難根本就是你無法解決的。傅華啊，我勸你一句話，要知道自己有多少斤兩，有些事能儘量不去碰，還是不要去碰的好。」

傅華不以為意的說：「有這麼嚴重嗎？」

高芸嚴肅地說：「比你想像的要嚴重得多，你當就你知道那塊地是塊肥肉啊，北京這麼多的地產公司難道都瞎了眼嗎？之所以這麼多的地產公司都不去碰它，就是因為他們無法解決這塊地的麻煩。這些公司在國內可都是數得著的大公司，他們都沒辦法解決了，難道你能有辦法解決？」

傅華老神在在地說：「辦法是要人想的，我就不信這個問題會無解。你這麼說更激起我的鬥志來了，原本我還在猶豫，現在……」

「你先別把話說得這麼滿，」高芸打斷了傅華的話，說：「有些事你根本就不知道的。」

傅華說：「不知道你可以告訴我啊，我來就是想跟你瞭解這個項目的內情的。」

高芸乾脆說：「你不用瞭解了，這個項目你不能接手的。」

傅華愣了一下，說：「為什麼啊？」

高芸反問道：「難道推薦這個項目給你的人沒跟你說這些嗎？」

傅華更納悶了，說：「沒有啊，說什麼啊？」

高芸問道：「那是誰讓你來接手這個項目的？」

傅華回說：「是楊志欣，這個項目現在的開發商是天豐置業，是豐湖省一家省屬企業。」

高芸狐疑地說：「這件事天豐置業應該是知道的啊，楊志欣不跟你說，難道有別的企圖？」

傅華越聽越糊塗地說：「你說了這麼多，究竟為什麼我不能接手這個項目啊？」

高芸解釋道：「是這樣的，有消息說，現在國土局正在醞釀要將這塊地給收回去，重新出讓。如果這塊地在你接手之後被收回，你要怎麼辦啊？」

傅華詫異地說：「不可能吧？國土局為什麼要將這塊地收回去啊，這是已經出讓的土地，沒理由再收回去重新出讓啊。」

高芸嗤了聲說：「怎麼沒理由啊，國土局可以找的理由太多了，比方說：經過這麼多年，這塊地的土地出讓金仍然還沒交清，以這個理由收回土地難道不可以嗎？」

傅華眉頭皺了起來，說：「怎麼會這麼多年了還沒交清啊？」

高芸笑說：「當然啦，交清也就不會產生那麼多的問題了。」

傅華想了想說：「按說即使沒繳清出讓金，國土局也是採用催繳的辦法，而非收回土地啊？」

高芸反駁說：「你這麼說不覺得幼稚嗎？這塊地原來價值八億多，現在十六億都不止了，國土局將它收回再拍賣的話，一下子就多了幾億的財政收入，他們為什麼不這麼做啊？」

傅華不以為然地說：「沒這麼簡單吧？我怎麼覺得這件事是背後有人在操縱啊。是不是什麼人看好這個地塊，想透過這種方式好將地塊收入囊中啊？」

高芸思索了一下，說：「也不排除有這個可能性，不過我並沒有聽說有哪家房地產公司目前有這個動向。」

傅華說：「這是拆別人台的事，當然不會有公司出來承認這一點的。等到這塊地重新拿出來出讓的時候，那個得標的公司很可能就是操縱這件事的人。」

高芸勸說：「這些你就不要去想了，反正與你無關，你只要知道一點，就是這個項目你是不能接手的。」

傅華卻沒有因此打退堂鼓，反而說：「高芸，你先別急著下結論，能不能接手我還要研究研究。」

高芸氣急敗壞地說：「你這個人怎麼勸不聽呢？我跟你說的很明白了，目前瞭解到的情況，就是國土局在打這塊地的主意，你還接手幹什麼？難道你要跟國土局打擂臺不成？」

傅華說：「我沒有要跟國土局打擂臺的意思，也許國土局的參與並不是一件壞事呢？這塊地本來就有權屬不清、手續不全的毛病，國土局參與進來，起碼可以把這些問題給解決掉，接手下來就沒有這些問題了。」

高芸搖搖頭說：「傅華，你這麼說不是癡人說夢嗎？人家想奪走的就是這個項目，又怎麼會讓你有機會再次接手這個項目呢？」

傅華說：「那可不一定，也許有什麼辦法讓國土局無法將土地收走呢，比方說繳清地價款呢？」

高芸不禁看了傅華一眼，說：「你的意思還真是想要做這個項目了？」

傅華很有信心地說：「這個項目的利益太過豐厚了，值得冒上一把險。

再說了，有楊志欣這個省委書記在後面保駕護航，我無需擔心天豐置業跟我玩心計，這個風險也不一定會很大。」

高芸突然伸出手摸了摸傅華的腦袋，這個突然的舉動讓傅華愣了一下，說：「你摸我腦袋幹嘛？」

高芸笑說：「我看看你腦袋有沒有發熱。」

傅華失笑說：「我清醒得很。」

高芸取笑說：「那就是這次的離婚把你給刺激到了，要不然你也不會做這種不理智的事。」

傅華反駁說：「別瞎說八道了，離婚跟這件事是兩碼子事。我不是不自量力，而是這件事要做的話不是我一個人做，胡叔也有份的，他和楊志欣都準備支持我做點事業。誒，高芸，你們和穹集團要不要也參與一份啊？」

目前看來，這個項目問題多多，對資金的需求量也很大，如果真要接手的話，馬上就會需要一筆巨額資金，因為必須要趕在國土局收回這塊地之前將出讓金給繳清。只有繳清了土地出讓金才能爭取主動，不讓國土局有收回土地的藉口。傅華擔心光靠天策集團一家，資金方面無法應付這個局面，就想把和穹集團也拖進這個項目裏來。

高芸遲疑了一下，說：「胡叔和楊志欣都參與了，這件事就有點值得去做了，我個人也傾向於跟你們合作。不過，我沒辦法做最後決定，需要請示我父親才行。」

傅華說：「你別急著跟你父親談這件事，你先考慮一下可不可行。我現在也還沒決定一定要做這個項目。等我和胡叔、楊志欣確定了之後，你再跟你父親談這件事也不遲。」

高芸點點頭說：「我明白你的意思。其實傅華，這個項目如果拋開那些麻煩的話，是很值得做的。你也可以借著做這件事，來緩解一下你心中的那些負面情緒。」

傅華沒好氣地說：「高芸，你能不能別扯這些什麼負面情緒啊？我跟你說了，這跟離婚是兩碼事，不要混為一團。」

高芸笑了笑說：「行，我不說了總可以吧？誒，傅華，你想沒想過，國土局要收回這塊地，也許是衝著楊志欣來的？這件事延宕許久了，從龍鵬房地產到天豐置業，中間都過了好幾手了，怎麼以前國土局就沒想到要把這塊地收回去呢？」

高芸這個說法比起傅華原來認為是有人要謀奪這個項目，看得更深了一層，而且也很有依據。傅華再聯想到楊志欣似乎很急的跟他推薦這個項目，這種感覺就更加強烈了。

難道有人想在這個項目上做楊志欣的文章嗎？又或者說，楊志欣在這個項目上存著什麼缺失，所以才藉著幫他的名義急著把項目推給他？如果他接手這個項目，就等於幫楊志欣解決了一個大麻煩。

換句話說，這很可能是一個圈套，從傅華瞭解到的楊志欣的行事風格來看，這種可能性很大。如果順利的話，楊志欣將會很快到北京來上任，在此之前，他會想辦法彌補他在豐湖省所犯的錯誤，避免讓繼任者抓到他的把柄。也許處置天豐置業這個項目就是這樣一種補過的行為。

此時的傅華已經不是剛到北京時那種稚嫩的毛頭小子了，他不會再犯當初買地被騙的那種低級錯誤。他對高芸苦笑說：「高芸，你這句話算是成功的打掉我對這個項目的熱情，看來是我把事情想簡單了。」

高芸誠摯地說：「其實我不想潑你冷水的，我更願意看到你剛才那種渾身充滿幹勁、熱血沸騰的樣子，但是這件事確實很複雜，牽涉到政界商界很多複雜的因素，如果你要做的話，我還是希望你能全面的考量，避免在這上面栽了跟頭。同時，跟你打交道的這些人，不論和你是敵是友，都是些狡猾透頂的傢伙，你稍不注意，就有可能被人賣了還不自知。」

傅華點點頭說：「是啊，這些人都很狡猾，我必須要打起十二分的精神才不會被他們算計。嗯，這件事我心中有數了，我會審慎的做出決定的。」

原本傅華還真是想在胡瑜非和楊志欣的幫助下做點什麼的，但是現在在高芸的全面分析下，他開始覺得楊志欣和胡瑜非其實也是不懷好意，另有盤算的，心裏難免有些沮喪，臉色就有點黯淡下來。

高芸看傅華這個樣子，心裏也很難受，他才剛歷經第二次離婚的打擊，好不容易興致勃勃的想要做點事業出來，卻發現他想的根本就不是那麼一回事，甚至根本就是別人騙他的圈套，心中的沮喪可想而知。

高芸就想幫一下傅華，笑了笑說：「傅華，你如果真想做生意的話，也可以考慮跟我們和穹集團合作啊，我們集團涉足的項目很多，可以合作的方面也很多的。」

哪知傅華並不領情，沒好氣地說：「你這算是什麼啊？對我的憐憫嗎？」

高芸意識到她是好心辦了壞事，對一個自尊心強烈的男人來說，憐憫他可能比羞辱他更讓他難受。

高芸歉意地說：「不好意思，我又說錯話了，你就當我沒說好了。」

傅華也覺得有些不好意思，高芸說要跟他合作也是一番好意，他不但不領情，反而去責備人家，實在很不應該。趕忙道歉說：「對不起啊，是我反應過度了，你別介意。」

高芸裝作沒事地說：「怎麼會呢，我們是好朋友嘛。」

兩人這麼相互道歉著，就把氣氛搞得有點尷尬，傅華覺得他想瞭解的也瞭解得差不多了，再待在這裏也沒什麼意思，就跟高芸道別，離開了和穹集團。

因為覺得楊志欣和胡瑜非可能是另有盤算，傅華基本上打消了要接手天豐置業這個項目的打算，雖然資金也是天策集團出的，即使他上當，也不會損失什麼，但是被人蒙在鼓裏的滋味很不好受，傅華決定還是不陪他們把這場戲給演下去了。

因此接下來的兩天，他都沒跟楊志欣和胡瑜非聯絡。

第三天上午，胡瑜非主動打電話來，問道：「傅華，那件事情你考慮的怎麼樣了？究竟是想做呢還是不做？」

傅華說：「胡叔，我全面權衡了一下，還是覺得我的能力有限，玩不轉這麼大的項目。」

胡瑜非責備說：「你這個人怎麼總是滅自己的威風啊，我跟你說，你要對自己有信心，要相信自己有能力把事情給辦好的。以前主席有句話說：人有多大膽，地有多大產，這話雖然不夠客觀，但也說明了人的主觀能動性還是很重要的。」

傅華笑笑說：「主觀能動性再強大，也大不過客觀事實的，我究竟有沒有這個能力，我心裏很清楚，所以胡叔您幫我謝謝楊書記吧，我無法擔負起他對我的這個期望。」

胡瑜非懷疑地說：「不對啊，傅華，你從來都不是這麼消極的人，你這麼一個勁的把這件事往外推，是有什麼緣故吧？」

傅華心想胡瑜非果然是隻老狐狸，從他的話裏發現了他對這件事情有疑慮。不過發現就發現吧，他可不想再被胡瑜非和楊志欣耍弄了，就說：「胡叔，沒什麼緣故的，我只是有自知之明罷了。還是讓楊書記另選高明來處理這件事吧。」

胡瑜非堅持說：「不對，你心中一定藏著什麼事，傅華，你來我家一趟吧，我跟你當面談。」

傅華知道胡瑜非叫他去，無非是想說服他接受這個項目，就有點不太想去，便推脫說：「胡叔，我這邊還有大堆的工作等著我處理呢，您如果沒別的事，我還是不過去了吧？」

胡瑜非有些不高興地說：「不是吧，傅華，我們倆總不會連見一面的情分都沒有了吧？」

胡瑜非這麼說，傅華就不好意思再推辭了，只好說：「胡叔，您這話說的就有點太重了，行，您等著，我馬上就去您那兒。」

傅華只好放下手頭的工作去了胡瑜非家。

第九章

釜底抽薪

傳華的提議，是一個釜底抽薪的計策。
既然國土局想要以欠繳土地出讓金的藉口把土地收回，
他就先把這個漏洞給補上，讓國土局找不到藉口。
胡瑜非質疑說：「這麼做很可能是一場無用功，
根本就起不到什麼作用。」

進門之後，胡瑜非瞅了傅華一眼，說：「怎麼了，小子，開始學著跟你胡叔玩心眼了啊？」

傅華意有所指地說：「胡叔，看您這話說的，玩心眼我哪是您的對手啊？就是十個我恐怕也玩不過您呢。」

胡瑜非看了看傅華，說：「看來你真是對我有看法了，說吧，關於項目的事，你都瞭解到了些什麼？」

傅華說：「也沒瞭解到很多，只是覺得這件事很可能是什麼人要針對楊書記的，有人想借這件事打擊楊書記，楊書記則是急於擺脫這個項目，所以才找上了我。胡叔，這可是一場大老闆玩的遊戲，我這個小小的駐京辦主任還是不摻合為妙。」

胡瑜非瞪了傅華一眼，說：「看你這點出息，動不動就說什麼小小的駐京辦主任，什麼大老闆的遊戲你不能摻合，你把自己定位這麼低下有意思嗎？你不是要做一番事業嗎？難道你成天沉湎於駐京辦那些瑣碎的事，就能做出一番事業了嗎？我告訴你，在這世界上，只有不斷地與強者博奕，你才能成為強者。」

傅華忍不住回說：「那也不意味著我要被您和楊書記不斷的欺騙吧？」

胡瑜非反駁說：「我們欺騙你什麼了？這件事，資金的話，天策集團會全力支持你；項目的話，志欣也沒製造什麼假象來故意瞞著你，他讓你去瞭解這件事，然後讓你根據瞭解的情況來決定做不做。你告訴我，我們到底騙了你什麼了？」

傅華有些不好回答了，胡瑜非講的也是事實，不論是資金、項目，都是胡瑜非和楊志欣提供給他的，就算遭受損失，損失的也是楊志欣和胡瑜非，他還真是說不出胡瑜非騙他什麼。

傅華便說：「胡叔，不管怎麼說，既然大家要合作，什麼事是不是都應該坦誠一點啊，不要遮遮掩掩的行嗎？」

「遮遮掩掩？」胡瑜非說：「你是聽到什麼消息了吧？」

傅華點點頭說：「外面都在傳國土局有意將這塊地收回去，這塊地都要被收回去了，我們還拿什麼做項目啊？」

胡瑜非反問道：「那只是一個傳說，並沒有成為事實啊，你現在就來擔心，豈不是有點杞人憂天了？」

傅華質疑說：「恐怕空穴來風並非無因吧？難道您不覺得這件事很有問題嗎？」

胡瑜非說：「我還真沒覺得。」

傅華愣了一下，說：「您不會這麼遲鈍吧？您不想想這麼多年來，國土局有過幾次將已經出讓的土地又收回去了的啊？」

胡瑜非說：「你誤會我的意思了，我說沒覺得，是因為我根本就知道這件事是有問題的，都已經確定的事，我還去覺得幹什麼啊！」

傅華有點錯愕的感覺，不解地看著胡瑜非說：「胡董，我是不是腦筋有點不清醒了，我怎麼有點理解不了您說這話是什麼意思啊？您根本就知道有問題，還要推給我來接手，您這不擺明了是要我的嗎？」

胡瑜非否認說：「有問題不代表我就是要你啊。」

「都有問題了您還說不是要我，」傅華無法接受地說：「我真是有點無法理解您說話的邏輯。」

胡瑜非笑了笑說：「那是因為你還不知道我和志欣要你做這件事的真實目的是什麼，如果你知道了，就不會覺得我們是在耍你了。」

傅華無奈地說：「那我就洗耳恭聽你們的真實目的好了。」

胡瑜非說：「你不說我也是要講給你聽的。這話要從天豐置業接手這個項目開始說起，你知道嗎，這個項目當初天豐置業要接手，是得到志欣的支持的。按照志欣當時的設想，是準備在那個地方建一棟地標性的大廈。」

傅華心說原來楊志欣還真是牽涉到這個項目當中，這傢伙某些方面跟睢心雄一樣，蓋地標性的建築其實也是為自己做形象宣傳的。高芸說國土局想要收回土地的目的是針對楊志欣，還真是有些八九不離十。

胡瑜非繼續說道：「只是他沒想到的是，這個項目根本就是一個泥沼，踩進去的人都深陷其中，天豐置業接手項目後，不但沒有把他想要的標誌性建築給建起來，反而從接手那一天開始就無法復工，一直到現在。」

傅華說：「這也就是說，這個項目是楊書記決策上的一個敗筆了？」

胡瑜非點了點頭，說：「是啊，尤其是如果國土局將這塊土地收回去的話，志欣決策的疏失就更被凸顯了出來。讓你出面接手這個項目，實際上是在幫志欣抄底的，這樣子再轉一手的項目，就不能說是他的錯了。」

傅華有些明白楊志欣和胡瑜非的操作思路了，楊志欣決策失誤，已經是無法改變的事實了，只有將項目原價轉讓出去，不給豐湖省造成什麼明顯的損失，有心人也就無法把責任推給楊志欣了。

胡瑜非之所以出資幫楊志欣解決這件事，估計也是為了保住楊志欣目前這種上升的勢頭，現在正是楊志欣最關鍵的時期，如果失去上升的勢頭，他的仕途馬上就會急轉直下，不但不能問鼎中樞，恐怕保住現有的位置都有些困難。

傅華看了看胡瑜非，說：「胡叔，您這種盡力維護楊書記的做法，我是能理解的。不過，您大可以自己出面啊，為什麼非要拖上我啊？」

胡瑜非說：「這個理由還需要我解釋給你聽嗎？志欣和我的關係在政壇上有誰不知道啊？我如果出面的話，就有些欲蓋彌彰了，別人自然就會知道這是我和志欣玩的把戲。而你是最合適的人選，一來楊志欣和你的關係大多數人並不知道，你出面不會被人看穿；二是，這次要運作很大的一筆資金，我自然要找一個能信得過的人來操作這件事才行。」

胡瑜非意味深長地看了看傅華，說：「我是因為對你信任，才會想要讓你出面的。」

傅華忍不住抱怨說：「不過胡叔，您這樣很可能會害到我，我做這件事是要以海川駐京辦的名義來做的，如果一接手土地就被收了回去，這可就是我的失誤了，到時候我要怎麼向市裏交代啊。」

胡瑜非教訓說：「你這傢伙，怎麼對自己這麼沒信心啊？你為什麼不想著要趁這個機會把項目給做起來呢？這個項目如果真的做起來，將是幾十億的收益，到那時候，你可就會變身成億萬富翁了，這應該可以算是你想做的那種事業了，難道不值得你為此努力一番嗎？」

傅華猶豫地說：「值是值得，不過能不能做得成，我心中還真是沒底。」

胡瑜非語重心長地說：「你想過沒有，我為什麼要給志欣花那麼大的價錢解決這件事？」

傅華猜說：「您這是以金錢來換取他進步的空間。」

胡瑜非剖析說：「你說的不錯，不過還不夠全面，你說的只是其中一個因素。你忘了我是個商人，商人總是為了牟利而生的，無利不起早，這次也不例外。所以這另一方面是，志欣如果能在這次的換屆中上一步的話，他就可以回過頭來幫我們解決掉這個項目中的各種麻煩，到那個時候，這個項目就會變成一個相當優質的項目了，有志欣的支持，再做起來應該就會順風順水了。」

傅華不得不承認胡瑜非這個算盤打得精明至極，讚嘆說：「胡叔，我真是佩服您，您都算計到骨子裏去了。」

胡瑜非笑說：「你現在不說我是在耍你了吧？」

傅華有點不好意思的說：「這不能怪我吧，胡叔，誰叫您事先不把話給說清楚呢？」

胡瑜非說：「好了，我們先不討論這個問題，還是先來研究一下要怎麼收購這個項目才是正經。傅華，你來成立一個投資公司吧，最好不要給海川駐京辦分太多的股份，象徵性的就可以，這樣，將來一旦這塊地真的被收回去了，你的責任也不會太大。」

胡瑜非這麼說，意味著他對這個項目也並不十分看好，實際上他已經做好了讓天策集團承擔這部分損失的準備。

傅華說：「這個是自然了，駐京辦本來就沒多少資金可以投入到這個項目，孫守義支持我擴大經營的一個前提，是海川市不會拿出任何資金來支持我。」

胡瑜非不禁嘲諷說：「你們這位市委書記倒是很會說空話做好人啊。」

傅華嘆說：「他這麼做也是沒辦法，現在政府財政資金沒有不緊的，他根本就拿不出錢來給駐京辦。」

胡瑜非說：「既然是這樣就好辦了，我設想的這家投資公司，註冊資金三千萬，海川駐京辦出資一百五十萬，占公司百分之五的股份，洪熙天成財貿有限公司出兩千八百五十萬，占公司百分之九十五的股份。」

傅華問道：「胡叔，這個洪熙天成財貿有限公司是怎麼來的啊？」

胡瑜非解釋：「是天策集團在所羅門群島註冊的一家境外公司，這次項目操作的資金就是從這家公司出的。」

傅華疑惑地說：「胡叔，這家公司是天策集團註冊的，會不會讓人注意到天策集團身上啊？」

胡瑜非說：「不會的，境外公司的註冊資料都是嚴格保密的，沒有人能查到洪熙天成財貿有限公司與天策集團之間的聯繫，這家公司跟天策集團從來沒有發生過什麼業務交集。至於這家公司持有的投資公司的股份，將會由這家公司出具授權委託書，委託你全權管理。」

全權委託也就是說傅華隨便可以處置「洪熙天成」在這家投資公司所擁有的一切權益，胡瑜非給他的這個權力可是相當大的。

傅華就說：「胡叔，您把這麼一大筆資金交給我全權管理，就不怕我據為己有嗎？」

胡瑜非笑了笑說：「當然不怕！我胡瑜非向來是疑人不用、用人不疑的。」

不管怎麼說，胡瑜非對他的這份信任還是很讓傅華感動，他說：「胡叔，我會盡力做好這件事的。」

胡瑜非點點頭說：「我也相信你能做好的。誒，你想讓這家投資公司叫個什麼名字啊？」

傅華說：「胡叔，您是長輩，還是您起名字好了。」

胡瑜非卻讓賢說：「這家公司是你的，應該你來起名字。」

傅華想了想，說：「就在海川和洪熙當中各取一個字，叫『熙海投資』好不好？」

胡瑜非同意說：「這件事我全權交給你處理了，你覺得好就好。公司的名字既然決定了，就立即啟動公司的註冊工作吧。」

傅華建議說：「胡叔，我覺得應該在辦理公司註冊的同時，儘快收購天豐源廣場和豐源中心，現在全代會召開在即，我擔心對手的行動會加快。要阻止楊書記上位，現在可是到了最關鍵的時刻，對手應該是想等著國土局收回土地的決定出爐，然後馬上就對楊書記發起全面的攻擊。」

胡瑜非聽了說：「我也是這麼認為的，志欣已經讓天豐置業搞了一份項目出讓的合同，回頭你看一下，沒什麼問題的話就簽了吧。資金我早就準備好了，只要合同一簽，馬上就匯款給天豐置業。」

傅華知道這件事情成敗的關鍵就在楊志欣身上，如果楊志欣能夠順利上位，所有的麻煩都會迎刃而解；然而楊志欣如果受這件事牽連，沒有能夠上位，那胡瑜非的打算就會全盤落空，不但保不住天豐源廣場和豐源中心這兩個項目，他投資的巨額資金也會打水漂。

雖然這些對傅華的個人損失並不大，但是他既然出來做這個操作者，自然不想看到事情搞了半天，卻是一個失敗的結果。眼前最重要的，就是先替楊志欣解套，至於項目保不保得住，則是後續才要考慮的事了。

於是傅華說：「胡叔，既然這樣，那就不要再等了，您讓天豐置業的人馬上把合同送過來，儘早把合同搞定；合同搞定後，熙海投資馬上匯款給天豐置業。我們要跟對手搶時間，只要搶在對手做出收回土地的動作之前完成交易，我們就算是取得一步先手了。」

如果對方搶在交易完成前讓國土局做出了收回土地的決定，熙海投資和天豐置業關於收購項目的交易就沒有任何意義了，胡瑜非即使再想幫楊志欣，也不可能讓熙海投資收購一個土地被收回的項目的。

胡瑜非聽了，也緊張起來，說：「你說得對，我們必須要搶在對手前面完成交易。我馬上就打電話給天豐置業的董事長朱啟元，讓他帶著合同和天豐置業的公司章過來。」

傅華看了胡瑜非一眼，問：「這個朱啟元可靠嗎？」

胡瑜非點點頭，說：「可靠，這個人是志欣的老部下，跟了志欣很多年。」

胡瑜非就打電話給朱啟元，讓朱啟元馬上到他家來。放下電話後，胡瑜非說：「朱啟元說馬上就過來。」

傅華稍微鬆了口氣，說：「那就好。」

胡瑜非替傅華倒了一杯茶，說：「你看你現在，運籌帷幄，氣定神閒，一副什麼都在掌握中的樣子，應該不會再懷疑自己沒這個能力操作好這件事了吧？」

傅華笑笑說：「這可都是因為有胡叔您在幫我呢，要不然我怎麼能夠這麼氣定神閒啊。」

胡瑜非卻不認同地說：「不是吧，剛才可都是你在指揮我做事啊！好了，現在事情已經到了一個關鍵時期，你就別謙虛了，還是使出你渾身的解數，把問題給我完滿的解決了才是。」

傅華立即聽命說：「好的，胡叔。」

過了半個多小時，朱啟元趕來了。這是個五十歲左右的中年男人，頭頂已經全禿了，算得上是童山濯濯了。

朱啟元進門後，跟胡瑜非打招呼說：「胡董，我來了。」

胡瑜非指了指傅華說：「朱董，來，我給你介紹，這位是熙海投資的董事長傅華先生。熙海投資是一家正在籌建的中外合資的投資公司，實力雄厚。傅華，這位就是天豐置業的朱啟元朱董事長。我給你推介的天豐源廣場和豐源中心這兩個項目，就是在朱董事長掌控之下的。」

傅華就跟朱啟元握了握手，兩人互道了聲幸會。

既然知道朱啟元是楊志欣的嫡系人馬，傅華也就不跟朱啟元客套什麼，直奔主題說：「朱董，合同帶來了嗎？」

朱啟元把合同交給傅華，看得出來這份合同是天豐置業找專業人士製作出來的，傅華相信應該不會有什麼問題，也就沒細看，只把合同的重點部分看了看，然後對胡瑜非說：「我看沒什麼問題。」

胡瑜非說：「既然你覺得沒什麼問題，那就把合同簽了吧。」

傅華就在合同上簽上自己的名字，然後把合同推到朱啟元面前，朱啟元也簽了字，蓋上天豐置業的公司章，一份價值幾億的項目轉讓合同就這樣簽好了。

這讓傅華有點不真實的感覺，這可是幾億的大買賣啊，他簡簡單單的在紙上劃了幾個字就完成了，這是不是有點荒誕不經啊？

話說他這輩子還是第一次做這麼大金額的生意。不過傅華隨即笑了，大買賣也好，小生意也好，簽訂合同的程序都是一樣的，差的只是金額而已，他實在沒必要為此感到大驚小怪。

傅華說：「朱董，我會儘快把轉讓費匯到貴公司的帳號上的。」

合同簽完，胡瑜非就把朱啟元給打發走了，然後交代傅華說：「這件事你也要趕緊跟你們市裏彙報一下，一些必要的程序都要走到，別給人留下可以攻擊你的把柄。」

傅華說：「這我知道，我會處理好的。誒，胡叔，既然合同已經簽了，我們也該展開下一步的行動了。」

胡瑜非以為傅華是說公司設立的事，便說：「公司註冊的事我會介紹專業人士來幫你做的，務求儘快把熙海投資的註冊給完成。」

傅華卻說：「胡叔，我說的不是這個，我是想說，是不是以熙海投資的名義，去跟國土局接觸一下。」

胡瑜非不解地說：「你要接觸他們幹什麼？」

傅華說：「既然熙海投資承接了這兩個項目，就應該讓國土局知道這個情況。另一方面，熙海投資也要向國土局表明熙海投資願意繳清土地出讓金，只要國土局同意接收，熙海投資馬上就會把錢匯過去。」

傅華的提議，是一個釜底抽薪的計策，既然國土局現在想要以欠繳土地出讓金的藉口把土地收回，他就先把這個漏洞給補上，讓國土局找不到藉口，從而無法收回這塊土地。

胡瑜非質疑說：「風聲既然已經傳出來，就說明國土局研究這件事很久了，恐怕他們不會因為你表達要付清出讓金的意願，就會改變既定的做法。所以這麼做很可能是一場無用功，根本就起不到什麼作用。」

傅華分析說：「怎麼會起不到什麼作用呢？起碼有兩點作用，第一點表明了熙海投資願意付清款項的積極態度，這樣對手如果堅持仍要收回土地，就有欠道義了。將來楊書記如果有機會處理這件事，也有理由不是嗎？」

胡瑜非沈吟了一下說：「你說的也有道理，那第二個作用呢？」

傅華說：「第二個作用其實很簡單，就是拖延國土局做出收回土地決定的時間。既然熙海投資提出要付清土地出讓金，對這個情況他們總不能置之不理吧？最起碼也要研究一下對策才行。這一研究，時間必然會拖延，就可以為楊書記多爭取一點寶貴的時間。」

胡瑜非想了想，說：「明天我幫你跟國土局的周永信周局長約個時間，到時候，你帶著這份合同和書面的付清土地出讓金的承諾去跟他見個面吧，看看他會做什麼反應。」

傅華思考說：「光帶著書面的付清承諾還不太夠，最好是能夠拿出熙海投資的銀行存款證明，證明熙海投資有這個支付能力，這樣子更可信一點。」

胡瑜非點點頭說：「這件事就交給我來處理吧，我會透過關係讓銀行出具一份洪熙天成財貿公司的存款證明，證明熙海投資有這個資金實力。」

兩個人就在這種你一言我一語的討論下，逐步完善著下一步的計畫，等討論完畢，一條清晰的操作思路就顯現出來了。傅華也從一開始不知道該如何著手，變得胸有成竹起來。

不過，即使是這樣，胡瑜非和傅華的心情並沒有因此輕鬆起來，因為他們都知道，相對於對手的手段來說，他們手中的籌碼實在很弱，而且能做出最終裁決的北京國土局，又是在對手的掌控之下，會採納他們意見的可能性就更低了，要想贏下這一仗恐怕很難。

討論完，傅華就回到駐京辦，他先打電話給孫守義，報告他剛才跟胡瑜非商定籌建熙海投資的情形。

孫守義聽完，遲疑了一下說：「傅華，你這個胃口可是有點大啊，三千萬資本，幾億的操作資金，一出手動靜就不小啊。」

傅華解釋說：「聽起來很大，但實際上駐京辦在裏面股份占的比例是很低的，才百分之五，無論如何也談不上動靜不小，說到底只是人家吃肉，我們跟著喝口湯而已。」

「三千萬的百分之五也是一百五十萬，」孫守義看著傅華說：「這筆錢你準備從哪裡出啊？」

傅華笑笑說：「您放心好了，這筆資金駐京辦自己解決，不會去跟市裏伸手的，這下您可以同意我開辦這個投資公司了吧？」

孫守義笑說：「我沒什麼理由反對。不過傅華，你可別光顧著忙自己的事，你答應我的事也該處理一下了吧？」

傅華知道孫守義關切的是何飛軍的事，希望借他的手趕緊把何飛軍趕出海川，他便說：「您放心，我答應你的事，一定會做到的。」

「反正你別忘了就是。誒，傅華，你籌建投資公司這件事記得要跟姚市長說一聲，駐京辦畢竟是隸屬於市政府，你不跟他說有些不合規矩。」孫守義提醒說。

傅華聽了說：「這我知道，我這是要先徵求您的意見嘛？您同意了我才好跟姚市長說啊。」

孫守義打趣說：「好像我的意見多重要似的。好啦，我還有工作要處理，就這樣吧。」就掛了電話。

傅華想了一下措辭，就撥電話給姚巍山。

「傅主任找我有什麼事啊？」姚巍山接了電話，說。

傅華聽姚巍山的語氣輕鬆愉快，似乎一點都沒察覺到有人在背後串聯要擾亂他的市長選舉，傅華心說這個姚巍山也是有點浪得虛名了，怎麼會一點政治的敏感度都沒有啊？

不過傅華也沒有想提醒姚巍山的意思，既然連姚巍山的恩主馮玉清都不管這件事了，他又何必多嘴呢。

傅華就笑了下，說：「是這樣子的，姚市長，我要跟您報告一件駐京辦的工作。我一個國外的朋友有意要在國內做投資，拉我跟他籌建一家中外合資的投資公司，他出資金，借助我在國內的人脈運作。」

有外資企業要跟駐京辦合資辦企業，姚巍山當然是很高興的，現在經濟掛帥，能跟外資企業扯上關係，海川的經濟資料也會多少好看一些。他便說：「這是好事啊，誒，傅主任，能不能把這家公司拉到海川市來啊？海川很多的項目也是很值得投資的。」

傅華心裏暗自好笑，這家投資公司是為了解決楊志欣在豐湖省遺留的問題的，哪有可能跑去海川市啊？

不過雖然如此，話可不能跟姚巍山明說，傅華就託辭說：「這個我爭取過，不過我那個朋友更看好北京的發展環境，我暫時無法說服他去海川。」

姚巍山遺憾地說：「這樣啊，既然他堅持要在北京，那就在北京好了；不過傅主任，你也不要輕言放棄，以後還是要儘量爭取把他們帶來海川才是啊。」

傅華假意應承說：「行，我一定會盡力爭取的。」

取得了孫守義和姚巍山的支持，起碼在海川，傅華是沒有什麼後顧之憂了，於是在胡瑜非的安排下，他去國土局拜會了局長周永信。

周永信四十多歲，滿臉笑容地接見了傅華。他因為保養得宜，顯得細皮嫩肉的，傅華覺得他似乎是個很好相處的人。

但是傅華並不敢輕視周永信。現在國內的房地產一枝獨秀，北京的房產發展又是國內發展最好的，周永信作為北京的土地爺，手中擁有的權力之大可想而知。坐在這樣位置上的人物，傅華自然是不敢小覷。

坐定後，傅華笑笑說：「周局長，我這次專程來拜會您，是有一件公務要跟貴局處理一下。」

周永信看了看傅華，他並不瞭解傅華的底細，事先也不知道傅華找他有什麼事，只不過是胡瑜非跟他打了聲招呼，說是有一家中外合資的投資公司的董事長想要過來拜會他。

身在北京這個皇城根下，權貴遍地，周永信深知要想位置坐得穩，做得久，必須要儘量少得罪人才行，尤其是不能輕易得罪像胡瑜非這種紅色世家出來的子弟。因此他雖然對什麼投資公司的董事長不感興趣，但是還是同意了這次的見面。

周永信說：「公務？我不太明白。」

周永信順手拿起傅華遞給他的名片，認真的看了看名片上的名字，然後說：「熙海投資，我沒聽說過我們局裏還有與貴公司相關的公務啊？」

周永信這麼說還是給傅華留了情面的，他心想：別說跟你們公司有什麼公務了，就連你們這家公司我以前也是連聽都沒聽說過。

傅華笑笑說：「以前沒有，但是現在卻有。」

傅華從手提包裏拿出項目轉讓合同，放到周永信的面前。

周永信一看到這份合同，臉色當即沉了下來，他沒想到眼前這個看似溫和的人，居然是因為天豐置業手中的項目而來的。

周永信本身對這個項目和開發這個項目的天豐置業沒有什麼特別的看法，但是前不久，北京市裏分管城建的副市長對這個項目感到很不滿，認為在那麼核心的地帶有一塊爛尾樓，對北京市的形象來說有很大的損害，因此指示國土局趕緊想辦法解決這個問題。

領導指示，周永信自然不敢怠慢，立即讓人全面研究了這個項目的資料，想要找出解決問題的辦法。經過初步的討論，國土局內部形成了一個解決問題的意見，那就是催繳土地出讓金，同時讓項目儘快復工。

但是這個意見報到市裏面去，卻遭到那位分管承建的副市長嚴厲的批評，說國土局是接受了天豐置業給他們的好處，所以才會一再縱容天豐置業這種違規的行為。天豐置業遲遲不能繳清土地出讓金的行為必須得到糾正，既然他們無力付清，政府就應該考慮將土地收回，重新出讓。

頂頭上司既然有了指示，周永信自然不敢怠慢，就指示屬下的工作人員趕緊拿出處理這塊土地的辦法，方向就按照收回土地的方向去做。現在具體的方案還沒有拿出來呢，這個姓傅的傢伙居然來跟他說要處理這一段的公務，周永信就知道麻煩來了，姓傅的絕對不會是主動來讓國土局把土地收回去的。

周永信大體上看了一遍合同的內容，然後抬頭看了傅華一眼，說：「傅先生，這個項目可是很複雜的，貴公司剛涉足地產行業，是不適合一上手就發展這種複雜的項目的。」

傅華笑笑說：「謝謝周局長的提醒，不過，熙海投資跟天豐置業已經簽訂了轉讓合同，現在就是想反悔也來不及了。我今天來，主要是想跟您談一下這個項目欠繳土地出讓金的事，熙海投資現在願意一次付清欠繳的出讓金，您看我們是不是辦一辦相關的付款手續呢？」

周永信眉頭皺了起來，要是讓熙海投資把欠繳的土地出讓金給付清了，那再想要收回這塊地可就門都沒有了，這樣可是無法跟那位分管城建的副市長交代。但是不接受，又於情理不合，世界上哪有欠款人主動要付款了，債權人卻拒絕接受的？要找個什麼理由拒絕熙海投資的付款呢，這可把周永信給難住了。

周永信快速想了一下，笑說：「傅先生，你說要一次付清，你知道要付多少錢嗎？你有這個資金實力嗎？」

周永信一時間想不到拒絕的理由，便先質問傅華的付款能力，好給自己一個找出拒絕付款的理由和時間。

傅華笑笑說：「這個周局長就不用為我們擔心了，我們公司的銀行存款足夠付清這筆款項，這是銀行開具的存款證明，可以證明我們公司有這個資金實力。」

周永信心裏這個氣啊，姓傅的這傢伙還真是有備而來啊，居然連銀行的資金證明都開來了，擺明是一副不達目的不甘休的架勢。

周永信便說：「傅先生，看來貴公司的實力不凡啊，銀行中居然存有這麼多的資金，不知道你們這家公司是做什麼的？我以前怎麼從來都沒聽說過熙海投資這家公司的名字啊？」

周永信無法從熙海投資的資金實力上找出毛病來，只好詢問起熙海投資的來歷，想從這方面看看能不能找出傅華的毛病來。

傅華說：「周局長沒聽說是對的，我們公司正在籌建中，大股東洪熙天成財貿有限公司是一家外資企業。」

周永信聽了，作出一副狐疑的表情說：「洪熙天成財貿有限公司？這個名字也很陌生啊。」

傅華心裏暗自好笑，他很清楚周永信是不可能接受熙海投資付清土地出讓金的，如果周永信接受了，那針對楊志欣的對手的圖謀可就完全落空了。周永信根本就是在故意拖延罷了。

第十章

撕破臉皮

周永信的臉色變得更差了，
他迫於形勢跟傅華撕破臉皮，也等於跟胡瑜非撕破臉皮，
對此事，胡瑜非自然是不會置之不理的，
很可能也會對他展開報復。
但事已至此，他不能把說出去的話給咽回去，
索性就錯到底吧。

傅華覺得不能再讓周永信這麼東拉西扯下去，就說：「周局長，我是來跟您商談付清出讓金的事的，我們是不是還是把重點放回到付款這件事上啊？」

傅華這麼說是要逼著他表態，周永信臉上的笑容不見了，雖然他見傅華是看在胡瑜非的面子，但是胡瑜非的面子可頂不了他頂頭上司的威勢，對周永信來說，胡瑜非不好得罪，卻不是絕對不能得罪，他的頂頭上司才是絕對不能得罪的人。

因此周永信態度強硬地說：「對不起，傅先生，國土局暫時無法接受你們熙海投資的付款。」

傅華對這個結果並不意外，說：「周局長，您沒搞錯吧？我可是要向你們付款的。」

周永信看了傅華一眼，說：「我沒搞錯，國土局暫時無法接受你們熙海投資的付款。」

傅華笑笑說：「這事情可滑稽了，哪有債務人要付款，債權人卻拒絕接受的？您能給我一個理由嗎？」

「理由嘛，很簡單，」周永信也是老官場了，應付這種場面綽綽有餘，他說：「理由是我們國土局必須審查一下你們熙海投資具不具備這個付款的資格，等我們審查清楚了，自然會給你一個答覆。」

傅華一聽就知道周永信這個老官油子是在跟他打官腔，傅華來其實也沒指望國土局能夠順利的接受熙海投資的付款，就笑了一下說：「既然這樣，那周局長給我簽收一下這個付款承諾書吧，別到時候你們國土局再以我們不付款為由，將這塊土地收回去。」

傅華說著，把一份付款承諾書放到周永信的面前，說：「周局長，麻煩您收下這份承諾書，然後打個收條給我。」

周永信的眼睛裏有了怒色，傅華這都是事先籌畫好的，一步一步的想要把他逼到牆角去，好堵死國土局收回土地的可能，這傢伙是不是也欺人太甚了，這裏可是國土局的地盤，而他是國土局的局長，從來都是開發商仰他鼻息，對他恭恭敬敬的，何曾有人敢在他面前這麼咄咄逼人啊？

周永信冷笑一聲，說：「傅先生，你是不是覺得你很聰明啊，一樣一樣的，東西都準備好了，就等著把我逼進死胡同，好讓你得遂所願是不是啊？」

傅華看周永信撕下臉皮，連偽裝都不偽裝了，就知道這傢伙黔驢技窮了，所以要跟他玩無賴的手法，便說：「周局長，我不明白您的意思，我不過是按照合法的程序來做，可沒有要逼您什麼。」

周永信哼了聲，怒道：「合法的程序？你說合法就合法啊？傅先生，我看你到現在都沒搞清楚狀況啊，這裏是國土局，我是局長，這裏的規則由我來定，我才是能決定什麼是合法，什麼是不合法的人！拿著你這些廢紙趕緊給我離開，不然的話，我會讓保安把你請出去的。」

傅華心想既然周永信對他不客氣，他也沒必要再對周永信客氣了，就說：「周局長，你好大的官威啊，說什麼這裏的規則由你定，你也不怕風大閃了舌頭；你只不過是某些人的狗腿而已，到什麼時候規則也輪不到你來定的。」

「呵呵，」周永信反笑了起來，說：「你說的話真好笑，規則輪不到我來定？我今天就來定個規則給你看看。」

周永信抓起傅華放在桌上的那幾張文件，三兩下把文件給撕碎了，然後對傅華說：「你看到了吧，這就是我的規則，這裏我說了算，我根本就沒看到你要交的文件，這下你滿意了嗎？」

傅華不為所動地說：「滿意了，周局長，你這個把戲玩得很精彩啊，真是讓我大開眼界，原來你還會這一手啊，佩服佩服。」

周永信用不屑的眼神看了傅華一眼，心說你準備得再精心也沒什麼用，我是這裏的主宰者，我說沒用，你就得沒用。

他懶得再跟傅華廢話，就抓起桌上的電話，撥了幾個按鍵，然後吩咐說：「王秘書，客人要走了，你進來收拾一下。」

傅華識相地站了起來，說：「周局長，你不用下逐客令，我馬上就走。不過，為了回報你一開始對我的提醒，我也提醒你幾句吧。我還是那句話，規則還輪不到你來定，這是一場大老閩的遊戲，你和我其實不過是這場遊戲中的小卒子而已。如果我是你的話，我會儘量克制一下自己的行為，不要對對手太不禮貌，因為你也無法確定你效忠的主子就一定會贏的。」

周永信的臉色變得更差了，他迫於形勢跟傅華撕破了臉皮，也等於跟胡瑜非撕破了臉皮，對此事，胡瑜非自然不會置之不理，很可能對他展開報復。但事已至此，他不能把說出去的話給咽回去，更不能對傅華認錯說對不起，索性就錯到底吧。

他鐵青著臉說：「謝謝傅先生替我操心了，現在請你離開我的辦公室。」

王秘書這時走了進來，他馬上察覺到傅華和周永信之間的尷尬氣氛，作為秘書，他自然是要維護領導的，就對傅華說：「傅先生，請你馬上離開。」

傅華看了看周永信說：「周局長，這件事情還沒完，告辭了。」

離開國土局，傅華開車回駐京辦。

在路上，傅華一直緊鎖眉頭，周永信對他的態度，讓他意識到這件事情要解決，恐怕是十分艱難。另一方面，傅華感覺到周永信並不是真正的主使者，主使者一定另有其人，這個人應該是讓周永信十分敬畏的人，換句話說，起碼是北京副市長一類的人物。

回到駐京辦剛坐下，胡瑜非的電話就打了過來，問道：「怎麼樣，周永信怎麼說？」

傅華嘆說：「還能怎麼說啊，當然是拒絕我了。不過這傢伙說話很不客氣，甚至把我帶去的文件給撕了，說什麼國土局是他的地盤，他說了算。」

「這傢伙竟然這麼囂張？」胡瑜非驚訝的說。

傅華說：「當時就我和他兩個人，沒有第三者在場，他說話難免有些放肆。不過周永信對我們並沒有什麼威脅，他只不過是個工具而已，真正威脅我們的恐怕是他身後的人。」

胡瑜非問：「你從他的說話中瞭解到他身後的人了嗎？」

傅華說：「猜到了一點，不過不一定準確，我覺得很可能是周永信的頂頭上司。」

「你是說分管城建的副市長李廣武？」胡瑜非猜測道。

傅華點點頭說：「應該是吧。我感覺這個人是能讓周永信害怕的人，最直接的就應該是他的頂頭上司李廣武了吧？」

胡瑜非想了想說：「應該不會吧？這個李廣武立場很中立的，對志欣也很尊重，跟睢心雄似乎也沒什麼直接的聯繫，怎麼會在這時候跳出來搞志欣呢？」

傅華也認識這個李廣武，經常在電視新聞上看到這個人，他為人很低調，行事風格類似楊志欣，確實難以想像他會出來反對楊志欣。不過，官場有時候就是這樣詭譎，這裏面充滿了利益紛爭，你永遠搞不清楚什麼時候會有什麼人為了什麼利益跳出來反對你。

傅華就笑笑說：「會咬人的狗是不叫的，反正我覺得這個李廣武的嫌疑最大。」

胡瑜非慎重地說：「這個情況回頭我會跟志欣說的。」

傅華又說：「胡叔，還有一個情況我要跟你說一下，看得出來國土局是決心要沒收這塊地的，我今天找上門去可能打草驚蛇了，搞不好會讓李廣武和周永信提前發動，作出沒收土地的決定。」

胡瑜非老神在在地說：「他們這麼做也晚了一步了，轉讓的錢已經到天豐置業的賬上了，土地沒收也是沒收熙海投資的土地，現在志欣算是暫時擺脫了出來。」

傅華聽了說：「那也不能白白便宜了對方啊？」

傅華猜測對手這次玩弄這個沒收土地的把戲，其實是一石二鳥，他們首要的目標自然是楊志欣，想借這件事情阻止楊志欣的上升。但就算是狙擊失敗，也可以把天豐源廣場和豐源中心從天豐置業手中奪下來，成為他們的囊中之物。傅華自然不想讓項目從他的手裏被奪走，他還想好好的跟對手鬥上一把呢。

胡瑜非冷笑說：「當然不能就這麼便宜了那些傢伙。我們還是按照保住項目的路子去做，周永信把熙海投資的付款承諾函給撕了是嗎，沒關係，你再搞一份快遞給他，記住！快遞的收據要收好，以備將來查詢。」

傅華擔憂地說：「那如果周永信真的決定把土地給沒收了呢？我想他們這次一定會動作很迅速的，所以我們不得不防。」

胡瑜非說：「如果他們真的敢這麼做的話，那我們也不能認輸，不行的話，我們索性把國土局告上法庭好了。所以從現在開始，你要把經手的一切事證保存好，好準備跟他們對簿公堂之用。」

傅華聽了，不禁說：「那這陣仗可就鬧大了。」

胡瑜非說：「我這一下就花了好幾億出去，你還不許我把陣仗搞大一點嗎？」

傅華笑了起來，說：「我什麼時候不許過啊？我巴不得這件事鬧大一些呢，大鬧一場，對手的醜惡嘴臉就會暴露在公眾的面前了。」

胡瑜非說：「那就好，我們倆這次聯手，把他們殺個人仰馬翻吧。」

臨近中午，傅華正準備著要去吃午飯時，門被敲響了，傅華喊了聲進來，雎心雄出現在他的面前。

看上去，雎心雄的樣子倒不像楊志欣所說的那樣不堪，不過明顯可以看出他比以前消瘦了很多，臉上也不再紅光滿面，自得滿滿了，顯然這段日子睢心雄過得並不好。

傅華笑笑說：「睢書記大駕光臨，我們海川駐京辦真是蓬蓽生輝啊。」

睢心雄冷笑了一下，說：「傅華，你不用跟我玩這些花腔了，什麼蓬蓽生輝，你心中還不知道在怎麼恨我呢。」

傅華說：「睢書記，您還真是說錯了，我厭惡過你，害怕過你，也想把你打倒，但是還真沒恨過你。我們只不過是不同立場、不同陣營的對手，為了贏對方各施手段而已。」

「各施手段，」睢心雄笑了，說：「這個詞用得好啊，誒，恭喜你了，你成了熙海投資這家公司的董事長，身價暴增，已經是億萬富翁了。」

傅華說：「睢書記，你倒消息靈通啊，是周永信告訴你的，還是李廣武告訴你的啊？」

睢心雄笑了起來，說：「你好狡猾啊，想試探北京市有誰是幫我的，是吧？」

傅華也不隱瞞，說：「是的，我是想試探誰在幫你，是李廣武副市長對不對？」

睢心雄不置可否地說：「你自己去猜吧，我是不會告訴你的。誒，你這次做熙海投資的資金是從天策集團來的吧？」

傅華說：「睢書記，這可是商業機密，你覺得我會透露給您嗎？」

睢心雄笑笑說：「你透不透露也是那麼回事啊，你身邊的朋友一下子能拿出這麼多資金的，除了胡瑜非，沒有別人了，再說，除了胡瑜非之外，也沒有別人肯花這麼大的代價來給楊志欣解圍的吧？」

傅華沒有回答睢心雄這個問題，承認了這一點，就等於讓胡瑜非和楊志欣辛苦做的這個局完全破功了。他反問道：「睢書記，你這時候跑過來，不會是來請我吃午飯的吧？」

睢心雄笑說：「還真是被你說中了，我就是來請你吃飯的。」

這下反而把傅華給說愣了，回說：「睢書記，我們之間似乎沒有一起吃飯的交情吧？」

睢心雄搖搖頭說：「你這話說得就不對了，武俠小說中經常會出現這樣一句話，對手有時候比朋友更可靠。說起來，我們也算是做了很長一段時間的對手，我對你還真有一種惺惺相惜的感覺，於是就在會議的空檔中過來跟你吃頓飯，放鬆一下緊張的情緒。」

傅華聽了說：「謝謝您這麼看得起我，既然是這樣，那今天中午就我請客好了，我請你吃我們海川最道地的海鮮。」

睢心雄倒也不跟傅華客氣，爽快地說：「行啊，你要請就你請吧。」

兩人就去了樓下的海川風味餐館，傅華問睢心雄想吃什麼，睢心雄說：「你來安排就好了，跟你說，我這個人在吃和穿上並沒有太多的講究。」

傅華就點了一些時令海鮮，清蒸了一條魚，又開了一瓶白葡萄酒。兩人各自倒了一杯酒，有一搭沒一搭的邊喝邊吃了起來。

吃了一會兒之後，睢心雄放下筷子，對傅華說：「傅華，我們能不能打個商量啊，你不要參與這次的天豐源廣場和豐源中心這兩個項目了，你這根本就是給楊志欣和胡瑜非當槍使的。」

傅華笑笑說：「睢書記，您這是在害怕什麼嗎？」

睢心雄大笑了起來，說：「我害怕什麼啊，我是擔心你栽了跟頭！跟你透個底吧，國土局認為天豐源廣場和豐源中心這兩個項目，開發商欠繳土地款這麼長時間，項目又停工了，影響很是惡劣，必須要加以治理整頓才行。」

傅華接口說：「是不是認為最佳的整頓方案就是把土地收回去，打算重新出讓啊？」

睢心雄說：「是有這種傾向，所以我才會來提醒你，如果這塊地被收回去，項目就沒有進行下去的意義了，你這個億萬富翁剛當幾天不到，馬上就會被打回原形啦。」

傅華不為所動地說：「您不會以為國土局做出把土地收回的決定，事情就會到此結束，我就會認輸了吧？」

睢心雄反問道：「難道你還有翻盤的機會嗎？」

傅華笑笑說：「今天在周永信那裏，我聽到了一句很好笑的話，他說國土局是他的地盤，他才是做主的那個人；睢書記不會像他一樣，認為這件事是您在做主吧？」

睢心雄正色說：「周永信的話可笑嗎？我倒不覺得，他的話雖然糙了點，但是道理不糙，你不得不承認行政機關只要做出決定，你就很難對抗的。」

傅華質問：「這就是你在嘉江省唯我獨尊的心態嗎？你認為你手中的權力大於一切？」

睢心雄說：「傅華，我不想跟你爭論什麼法大於權、權大於法之類的，

這沒有什麼實質意義，我們還是來討論一下你退出熙海投資的條件吧。告訴我你想要的是什麼？」

傅華不禁說：「我怎麼聽您說話的口吻有點像上帝啊？我想要什麼你就能給我什麼嗎？」

睢心雄自傲地說：「我雖然不是上帝，但是滿足你幾個小小的願望的能力還是有的。你想要錢，我可以給你比胡瑜非給你的錢更多；你想發展項目，做事業，我也可以給你比天豐源廣場、豐源中心更大的項目去發展，條件就是你退出熙海投資。」

傅華搖搖頭說：「睢書記，有件事一直以來我都很奇怪，整件事情當中，我不過是個小卒子而已，甚至可以忽略不計的，但好像您特別的重視我，一再的利誘我，難道我有這麼重要嗎？」

睢心雄笑了，說：「吳承恩在《西遊記》裏有句話：尿泡雖大無斤兩，秤砣雖小壓千斤，一個人的重要性不在於他的職務，不在於他的出身，而在於他在其中所處的位置，我不是想重視你，而是每一次你都處在事件的關鍵位置上，讓我無法不重視你啊。」

睢心雄說到這裏，不禁看著傅華說：「這次你又成了關鍵，你就是楊志欣和胡瑜非跟我下這盤棋的棋眼，你幫他們，他們的整盤棋才能活起來；你幫我，他們倆就是死路一條了。」

傅華開玩笑說：「所以您就來找我吃這頓飯，企圖策反我嗎？睢書記，我們做對手的時間也不短了，武俠小說中還有一句話：一個人對朋友的瞭解遠不如對對手的瞭解，難道你對我還不瞭解嗎？」

睢心雄笑說：「我怎麼不瞭解啊？我知道你被我策反的機率很低，但是我還是忍不住想來試一試，其實我更想跟你做朋友，而不是做對手的。」

傅華直白地拒絕說：「我可不敢跟您做朋友，跟您做朋友的人，像黎式申、羅宏明、邵靜邦這些人可都沒什麼好下場，有的人甚至連小命都丟了，不得不說，做您的朋友是個很危險的職業，我還想好好的過完下半輩子，所以我還是老老實實做您的對手好了。」

睢心雄絲毫不避諱地說：「你說的這些人可不能說是我的朋友，他們充其量只不過是我的奴才而已，這些人圍在我的身邊向我獻媚，為的不是我好，而是想從我這裏獲得他們想要的利益而已。大家本就是相互利用的關係，他們妨礙了我的時候，我除掉他們也很正常啊。」

睢心雄說起黎式申這些人，就像說一個跟他毫無關係的人一樣的不在乎，傅華不由得搖了搖頭，譏刺說：「睢書記，您還真是生性涼薄啊，就算是養條狗，養久了也會有感情的吧？難道說他們對你來說，連條狗也不如嗎？」

睢心雄刻薄地說：「這話你說對了，他們對我來說還真是不如狗，狗起碼不會咬主人，這些混蛋不但咬我，急眼的時候還往死裏咬呢。不說別人，就說黎式申這個混蛋吧，我那麼栽培他，捧他成為大整頓活動的英雄，讓他榮耀一時，可他是怎麼對我的？居然在關鍵的時候掉鏈子，該拿下你而不拿下你。」

睢心雄說到這裏頓了一下，凝視著傅華說：「你想過沒有，如果黎式申當時把你從北京帶到嘉江省的話，今天的局面可就大大不同，你就在我的掌握之下了，甚至我想讓你死都可以，怎麼還會出現這種我一再來跟你交易的情形啊?!」

傅華知道睢心雄說的話並不是虛言恫嚇。這次的大整頓活動當中，有人真的喪命於黎式申的嚴刑逼供之下。有的人雖然保全了性命，卻不得不屈打成招，承認一些沒做過的罪行。

黎式申逼供的手法花樣百變，為了達到目的無所不用其極。也有硬骨頭的人怎麼也不肯屈服的，據說有一位企業家熬過了黎式申對他施行的酷刑，硬是沒有承認黎式申想要他承認的罪行。

參與審訊的警察對他都服氣不已，但是黎式申卻不肯罷休，他居然把企業家的兒子給抓來，然後告訴企業家，你到底招還是不招？你不招的話，我就逼你兒子招，看看你兒子是不是也有跟你一樣硬骨頭。企業家終於低下頭，承認了所有黎式申想讓他承認的罪行。

傅華當時聽到時，後背的汗毛都豎了起來，十分義憤填膺，黎式申這哪裡是什麼公安廳的副廳長啊，根本是酷吏奸臣嘛。

黎式申不得善終，也許正是上天對他的一種報應吧。因此傅華很清楚萬一被帶到嘉江省的結果，他是睢心雄父子恨之入骨的人，黎式申哪會輕易放過他？不是被屈打成招，就一定是被折磨致死，絕沒有什麼好下場的。

傅華承認說：「那倒是，我真要落到了您和黎式申的手中，那我今天可能連小命都沒了，又怎麼能跟您坐在這裏談笑風生呢。」

睢心雄說：「就這一點上，我恨死了黎式申，他一招失誤，搞得我現在是處處被動。還有，這傢伙居然還留了一手，把邵靜邦的那張批條藏了起來，說明他在那時候就有異心，起意想對付我了，養這樣有反骨的奴才，還不如養一條狗呢。」

傅華反駁說：「您怎麼不說是您對付邵靜邦的手段太過毒辣，讓黎式申起了兔死狐悲之心，從而對您有了防備之意的呢？」

睢心雄還擊說：「你覺得我對付邵靜邦手段毒辣嗎？你這是婦人之仁，做大事的人要有決斷力，該捨棄的人、該捨棄的事就一定要捨棄，如果你一時心軟把他們留下來的話，他們就會成為你以後發展道路上的障礙。邵靜邦就是這樣一個人，我如果讓他活下來的話，那我這輩子都要受制於他了。」

傅華不禁搖頭說：「睢書記，邵靜邦可是幫過你的人，透過他的手，你才得到那三億資金的。」

睢心雄大言不慚地說：「我不諱言他是幫過我，但是在那個時候，我必須捨棄他，所謂一將功成萬骨枯，這枯的萬骨可不僅僅是敵人的骨頭，大多數時候是自己人的骨頭。也許我是心狠了一點，但是我不這麼做，我不可能有今天的地位。」

傅華不敢認同地說：「睢書記，這樣做您晚上能睡得著嗎？」

睢心雄恨恨地說：「以前能睡得著，不過最近就有些睡不著了，不用我說你也應該知道，這不是我心存愧疚，而是你說的黎式申留下的那份東西。

這都是拜你所賜，那份東西不找到，我就一直寢食難安。黎式申真是夠可惡的，居然把東西藏得那麼好，我把嘉江省又翻了個遍，竟然還是沒找到。」

傅華看睢心雄說話的時候，眼神一直注視著他，知道睢心雄跟胡瑜非一樣，仍然認為黎式申是將東西交給了他。

傅華可不想再被睢心雄誤會，讓姓齊的再來找他的麻煩。就說：「您不用看我，東西真的不在我這兒。其實我也在找這件東西。我不斷地重複想他最後跟我見面的所有細節，還是沒找到任何線索。這一點我也挺服黎式申的，這傢伙的心思真是夠縝密的。我這麼說，您是不是就能睡個好覺了？」

睢心雄搖搖頭說：「還是不行，除非東西在我手裏銷毀掉，我才能真的睡個好覺，否則我還是無法安心的。」

傅華笑說：「那您就是自找苦吃了，目前來看，這件東西還沒有任何露頭的跡象，您恐怕要一直擔心下去了。」

睢心雄苦笑了一下，說：「我知道這是我自找苦吃，但是沒辦法啊，這已經是我在官場上打拼多年養成的一個習慣，絕對不能留下任何一點把柄給他人的。我也就是靠這一點，才能走到今天的位置上的。」

傅華想起羅宏明跟他說的，睢心雄就算是要睡女人，也要親信先把臥室裏裏外外檢查一遍才行，只有等確信沒問題了，他才敢跟女人上床。

當時傅華還有些不太相信，覺得是羅宏明故意往睢心雄身上潑髒水，現在睢心雄的話算是親口證實了這一點，原來這傢伙真是這樣的。

傅華不禁同情地說：「睢書記，您這麼活著不覺得累嗎？」

「累嗎？」睢心雄搖搖頭，說：「我不覺得，這些年我已經習慣了這一點，有時候我還覺得這是我人生的一點小樂趣呢，特別是在確信做了某些事情卻沒留下任何把柄的時候，我心裏就會特別的高興。」

這時，睢心雄注意到傅華看他的眼神像是在看一個心理變態的人一樣，便說：「你不要用這種眼神看我，我不是變態，我心理很健康。你不能理解我的想法，是因為你沒經歷過我這樣的生活歷程。」

傅華說：「這個我好像聽您說過，你是受非常時期的刺激，改變了要做富翁的理想，選擇了從政，而且想要衝到權力的巔峰。」

睢心雄說：「是啊，我是這麼跟你說過，但是你知道嗎，從基層到巔峰是一個漫長的過程，而且你在這中間還不能犯下任何的錯誤，你犯下任何錯誤，都有可能將你打回原形的。你說我敢不謹慎嗎？時間久了，這也就成習慣了。」

傅華評論說：「可是你的謹慎都用在了如何讓自己的違法行為不被暴露出來上面，並不是對自身要求嚴格。我有時候很奇怪您的邏輯，您既然想在仕途上登頂，為什麼不嚴格要求自己，避免發生像邵靜邦那種事呢？您是不是還沒忘記要當富翁的理想，既想當官，又想發財啊？」

睢心雄聽了，說：「我沒那麼傻，人要是既能當官又能發財當然是好事，但是古往今來能同時做好這兩件事情的人根本就沒有。所以以前的風水先生幫人選擇陰宅的時候，通常都會先問一句，是想求官還是求財，二者只能選一，絕對不可能兼得。」

傅華問：「既然您知道這個道理，為什麼還明知故犯呢？」

睢心雄反問道：「傅華，你不會以為這些錢都裝進了我的腰包裏吧？」

傅華看了睢心雄一眼，說：「難道不是嗎？」

睢心雄搖搖頭說：「當然不是了，我自己留那麼多錢幹什麼啊？」

傅華好奇地說：「那這些錢都去哪兒了？」

睢心雄答非所問地說：「傅華，以前我還覺得憑你的能力，留在駐京辦主任這個位置上是有點屈才了，但我現在才發現，可能這個位置才是最適合你的。」

傅華愣了一下，說：「睢書記，我是在問您那些錢都去哪裡了，您怎麼突然說起我的職位來了，這兩者之間有聯繫嗎？」

睢心雄批評說：「當然有聯繫，我這麼說，是因為我看到了你身上的短板，你缺乏做一個高層官員的視野，你這個人應該更善於謀劃，而不善於決斷。如果你僅僅做一個謀士，可能會很成功。但是你無法做一個成功的主官，所以你並不適合走到很高的位置上。」

傅華倒是不否認睢心雄對他的判斷，只不過他有點不服氣睢心雄說他沒有高層官員應有的視野，他自認為他的視野是很寬闊的。於是說：「睢書記，您憑什麼說我沒有視野啊？」

睢心雄笑了笑說：「不服氣嗎？我這麼說是有原因的，如果你有這個視野，你就不會奇怪我的錢都去哪裡了。」

傅華還是沒有搞懂睢心雄想要表達的意思，用困惑的眼神看了看睢心雄。

睢心雄揭曉謎底說：「我這麼說吧，我能做到省委書記這個位子，單靠個人能力或者家族的力量是遠遠不夠的，需要很多的力量一起來推動才行，而這很多的力量為什麼要推我出來做這個省委書記，還不是因為我能給他們帶來利益嗎？我這麼說你明白了吧？」

傅華點點頭說：「我明白了，您的意思是您拿這些錢去收買很多人，好讓他們來擁護你。」

睢心雄點點頭說：「就是這個意思，所以你明白為什麼那麼多官員愛跟大老闆們走得很近的道理，他們為了維護自己的地位，需要一些財力上的支持。這一點，楊志欣和胡瑜非就做得很好，他們一官一商，相互輔助，官場和商場都做得風生水起。楊志欣有什麼困難，胡瑜非也可以跳出來給他解圍。」

睢心雄說到這裏，別有深意的看了看傅華，說：「所以，在官場這個大染缸裏混的人，其實都一樣的，誰也不比誰高尚多少，區別就在於誰更會玩一些罷了。玩得好的，就會成為民眾景仰的英雄人物；玩掛了的，就會身敗名裂，成為人人所不齒的罪人。古今中外，莫不如此。」

睢心雄的這種說法，傅華覺得似是而非，但是一時間，他也找不出這其中的錯誤在什麼地方，因此只是笑了笑，沒有去反駁。

睢心雄端起酒杯，高興地說：「來，傅華，我們喝杯酒吧，雖然我沒能勸你退出熙海投資，但跟你聊天還是很開心。」

傅華端起酒杯跟睢心雄碰了一下，回說：「您這些話在心中憋了很久吧？」

睢心雄點點頭，慨嘆道：「我憋了很久，終於有機會說出來了，心裏很暢快，上到我這一層次，身邊已經沒有什麼知心的朋友了。」

請續看《權錢對決》9　大起大落

權錢對決 八 加倍奉還

作者：姜遠方
發行人：陳曉林
出版所：風雲時代出版股份有限公司
地址：105台北市民生東路五段178號7樓之3
風雲書網：http://www.eastbooks.com.tw
官方部落格：http://eastbooks.pixnet.net/blog
Facebook：http://www.facebook.com/h7560949
信箱：h7560949@ms15.hinet.net
郵撥帳號：12043291
服務專線：(02)27560949
傳真專線：(02)27653799
執行主編：朱墨菲
美術編輯：許惠芳

法律顧問：永然法律事務所 李永然律師
北辰著作權事務所 蕭雄淋律師

版權授權：蔡雷平
初版日期：2017年5月
初版二刷：2017年5月20日
ISBN：978-986-352-412-0

行政院新聞局局版台業字第3595號 營利事業統一編號22759935

定價：280元　特惠價：199元

國家圖書館出版品預行編目資料

權錢對決 ／ 姜遠方 著. -- 初版. -- 臺北市：
風雲時代，2016.11-　冊；公分

ISBN 978-986-352-412-0（第8冊；平裝）

857.7　　105019530